La Mujer de sus Sueños

Está obsesionado con la joven belleza que le ha robado el corazón.

Ashley Colem

LA MUJER DE SUS SUEÑOS

First edition. January 14, 2024.

ISBN: 979-8224174775

Written by Ashley Colem.

Also by Ashley Colem

Bien Trop Brutal
Obsede Par Elle
Limite dépassée
Amour Improbable
Kataliya, la Parfaite Élue
Le Choix Ultime d'un Seul Amour
Réveille-toi, Barbara
Sexe à Répétition
Taïna est en feu
Captive d'une Nuit Enneigée: Jusqu'à ce qu'elle apparaisse et que son âme se sente captivée
Ces Attouchements Tabous: Cette nuit-là, il a changé ma vie pour toujours
Épuisement: Sienna est peut-être jeune, mais son corps sait ce dont il a besoin
Il va l'avoir: William veut Jesse plus que tout au monde
La Femme de ses Rêves: Il est obsédé par la jeune beauté qui lui a volé son cœur
Le No 1 des Connards: Il ne cherche pas d'excuses pour ce qu'il est ou ce qu'il fait
L'étrange Mariage du Milliardaire
Maintenant... Elle est à moi pour Toujours: Je mets un bébé dans son ventre et une bague en diamant à son doigt
Piégé par elle

Tenir si Fort: Il ne savait pas qu'une obsession pouvait s'emparer de lui aussi fort

Un Alpha de Mauvais Caractère: Aucune femme n'a jamais été capable de le gérer

Un Échange Très Étrange: Le destin de Cian et de Serenity, croisés dans un lycée américain

Limite Superato

Amore Improbabile

Kataliya, la Perfetta

La Scelta Definitiva di un Singolo Amore

Sesso ripetuto

Taina è in Fiamme

Esaurimento

Intrappolato da lei

La Donna dei Suoi Sogni

Lo Stronzo #1

Ora è mia... per sempre

Prigioniero in una Notte di Neve

Sta per Averla

Stringere Così Forte

Obsession: Tout a changé la première fois que Jackson a vu Dina

Svegliati, Barbara: Stare con Clark diventa un grosso problema

Agarra tan Fuerte

Atrapado por ella

Cautivo en una Noche de Nieve

Despierta, Bárbara

El Éxtasis de lo Prohibido: Después de que Nadia descubre que Bady la engaña

El gilipollas nº 1: No pone excusas por lo que es o por lo que hace

Ella es mía Ahora... Para Siempre

La Mujer de sus Sueños

L'estasi del Proibito: Dopo che Nadia scopre che Bady la tradisce

L'extase de l'interdit: Après que Nadia découvre que Bady la trompe

Límite Excedido
Obsesionado con ella: Finalmente tengo la oportunidad de hacerla
mía
Taïna está en llamas
Un Alfa con mal Carácter

Martine Nicklas no estaba viviendo su mejor vida, pero estaba haciendo todo lo posible para llegar allí. Después de que arrestaron a su padre por malversación de fondos, ella se quedó sin un centavo, por lo que pidió prestado el auto de un amigo y decidió ganar algo de dinero como conductora. No era el trabajo más seguro, pero no tenía muchas opciones. No fue tan malo, hasta que llegó una noche.

Colin Dodley Es un adicto al trabajo que no tiene tiempo para las mujeres. Cuando la persona que le apunta con una lata de gas pimienta a la cara resulta ser la mujer de sus sueños, de repente las cosas cambian. Está obsesionado con la joven belleza que le ha robado el corazón, pero ella está haciendo todo lo posible para levantar sus muros y mantenerlo alejado. Es una lástima que tenga un mazo y sepa cómo usarlo.

Capítulo 1

martina

Mientras me estiro, me pongo de lado y siento que empiezo a caer. Me deslizo por el borde del sofá y me agarro justo antes de caer de cara al piso de madera pulida. Si hay algo que extraño de mi antigua vida es la cama. Es triste porque debería extrañar a mis padres, pero nunca los volveré a ver a menos que aparezca en las noticias.

Me siento en el suelo y suspiro. Sigo cayéndome del sofá y estoy bastante seguro de que se me acabará la suerte y terminaré con la nariz sangrando. Pero no será nada comparado con la forma en que mi vida se ha desmoronado.

Los federales irrumpieron en nuestro ático y se llevaron a mi madre justo cuando la puerta de la celda de mi padre se cerraba de golpe. Todo en mi papá era una farsa. Fue uno de los mayores fraudes de todos los tiempos y he oído rumores de que se está haciendo una película sobre ello. Yippie para mí. Los periodistas saldrán de la nada para encontrarme y hacerme preguntas. Se sentirán decepcionados al descubrir que no sabía nada.

La noticia no me sorprendió porque sabía desde muy joven que incluso si usabas un traje elegante aún podías ser un criminal. Eres sólo un matón que sabe vestirse bien. Si me preguntas, eso es más aterrador que la facilidad con la que mi padre podía deslizarse hacia una persona y luego hacia otra. Todavía no estoy seguro de quién es realmente.

Por suerte, ninguno de mis padres me quería mucho cerca. Si tuviera que adivinar, habría cometido un error, pero nunca pregunté. Estaba claro que mis padres podrían haber estado enamorados en algún momento, pero al final solo estuvieron juntos porque eso los beneficiaba a ambos.

El internado local era un sueño para todos nosotros, incluso si yo odiaba el lugar. Al menos allí sentí que me habían dejado solo en su mayor parte. Hice el papel mientras estuve allí e hice todas las cosas que me ayudaron a encajar. Nunca sentí realmente que pertenecía, así que tal vez me parezco más a mi padre de lo que creo.

Cuando arrestaron a mis padres, me quitaron todo y me dejaron allí solo. Siempre me había considerado una persona solitaria, pero no fue hasta que todos se fueron que comencé a comprender la realidad de lo que eso realmente significaba. Incluso si no era cercano a mis padres, ellos eran una red de seguridad. Un internado no era un lugar en el que pudieras quedarte si nadie pagaba la cuenta.

Vi padres que eran cercanos a sus hijos, pero vi una gran mayoría que eran como los míos. No sabía cuál era el camino normal, pero me alegré de no estar cerca del mío cuando todo estuvo dicho y hecho. Tal vez hizo que fuera más fácil recoger los pedazos que dejaron atrás, pero considerando que todavía lo estoy haciendo, qué sé yo.

Me froto los ojos para quitarme el sueño sabiendo que será un día largo. Trabajaba hasta tarde, pero cada vez que intentaba dar por terminada la noche, mi alerta sonaba para informarme que alguien más necesitaba que lo llevaran. Para mí cada viaje significaba más dinero. Sabía que no debería recoger gente tan tarde en el área en la que estaba, pero es difícil rechazar el dinero cuando lo necesito. Lo único de lo que nunca me di cuenta fue de cuánto cuesta vivir.

Me pusieron en el sistema de crianza del estado durante seis meses hasta que cumplí dieciocho años. De mi familia no quedó nada y todos sus bienes han sido congelados. El gobierno se lo quedó para intentar compensar cualquier daño que mi padre había causado.

Nadie me acogería porque me convertiría en Nicholas.NicklasLa hija contaminada. La mayoría de los amigos que tenía se habían ido porque sus padres les dijeron que no tuvieran nada que ver conmigo. Otros habían seguido con sus vidas cuando se marcharon para ir a la universidad. Tuve suerte cuando mi única amiga, Cara, me acogió. Me dejó dormir en su sofá y usar su coche, que era mi única forma de ganarme la vida. Nunca habíamos sido amigas en la escuela, pero cuando me encontré con ella y me hizo la oferta no pude rechazarla. Me acababan de despedir del sistema de crianza y no tenía idea de qué iba a hacer a continuación. Todos esos años en una elegante escuela privada no me prepararon para la pobreza.

Cara y yo hicimos un trato cuando me mudé. Acepté hacer su tarea universitaria y ella toma parte de mis ganancias cada noche. A cambio puedo dormir en su sofá y usar su coche gratis. ¿Qué opción tengo? Estoy tratando de reunir suficiente dinero para conseguir mi propia casa, pero eso me dejaría sin coche. Lo entiendo. Afortunadamente, no necesita su auto y está de vacaciones en la escuela. Pero al paso que voy, nunca podré salir de mí mismo.

Es como arenas movedizas; Cuanto más intento luchar para salir, más rápido me hundo. No ayuda que esté bastante seguro de que Cara me está cobrando por usar su auto porque quiere el dinero. Creo que se está metiendo en la nariz porque su distribuidor no acepta la tarjeta de crédito de papá. ¿Qué puedo decir realmente? No tengo elección ahora que mi vida está en manos de un adicto a la coca.

"Has estado en lugares peores", me recuerdo mientras arrastro mi trasero hacia el sofá.

Cara entra tropezando en la casa y miro el reloj para asegurarme de haber leído bien. Todavía debería estar dormida, pero aquí está con el cabello rubio desordenado, el maquillaje corrido y sus zapatos de diseñador en la mano. Parece un desastre delgado como un riel. Está usando algo, pero no estamos lo suficientemente cerca como para que yo pueda preguntar. Tampoco quiero molestar a la persona que mantiene un techo sobre mi cabeza y un trabajo en mis manos.

"Oye", digo mientras me aclaro la garganta.

"No me juzguéis; al menos estoy echando un polvo". Ella pasa a mi lado hacia su habitación y cierra la puerta detrás de ella.

¿Que demonios fue eso? Suspiro mientras me levanto para cerrar la puerta principal que ella dejó abierta de par en par. Necesito salir de aquí antes de que se despierte de su siesta. Simplemente se levantará y comenzará de nuevo lo que hizo anoche.

Cuando intento cerrar la puerta, una mano la golpea para evitar que se mueva. Miro a Lance, el hermano mayor de Cara. Dios, no creo haberlo visto desde que se graduó. Era unos años mayor que nosotros y había ido a la universidad después de que yo empezara. Todos los estudiantes de primer año de mi clase estaban felices de verlo partir. Era un imbécil engreído que intimidaba a todo el mundo. Lamentablemente, la mayoría de los otros niños terminaron haciendo lo mismo cuando crecimos. Es una locura cómo las personas pueden convertirse en la persona que odian, pero me he prometido a mí mismo que no volveré a ser el mismo.

"¿Martina?" Dice mientras me mira. Probablemente sólo recuerda mi nombre porque arrestaron a mis padres y no porque recuerda al flaco niño de noveno grado al que solía llamar "muslos de pollo". "Seguro que creciste". Sus ojos se mueven sobre mí y tengo que luchar para no inquietarme.

"Gracias", respondo, porque no sé qué más decir a su comentario. No es que pueda devolverlo porque no hay nada bueno que decir sobre Lance. "Cara está dormida", le digo, esperando que se vaya y regrese más tarde. Más tarde mientras estoy fuera.

"Sí, me pareció verla haciendo el camino de la vergüenza". Pasa a mi lado y entra.

Salto hacia atrás para que su cuerpo no toque el mío y cierro la puerta de mala gana. Él no irá a ninguna parte y no puedo echarlo. Lance se deja caer en el sofá y se siente como en casa en mi cama. Miro la bolsa que dejó caer al entrar y noto que es más grande que una mochila. Rezo para que no sea lo que creo que es. Honestamente, me había olvidado del hermano de Cara y ella nunca lo menciona. No puede estar aquí para quedarse, y ¿por qué querría hacerlo? Estoy seguro de que puede permitirse un hotel o algo así, y él y Cara no son cercanos.

El lugar de Cara es lindo y algo espacioso para estar en la ciudad, pero no hay manera de que tres personas puedan quedarse aquí. Además de eso, estoy bastante seguro de que los padres de Cara no estarían contentos si supieran el acuerdo que ella y yo hicimos. Probablemente estaban en la lista de padres que les dijeron a sus hijos que se mantuvieran alejados de mí. Por lo que sé, mi padre también podría haberles robado millones. Intenté mantenerme lo más lejos posible de ese círculo, pero aquí estoy, justo en el medio de las cosas.

Cara sale de su habitación unos momentos después. Parece que se limpió un poco, pero una vez que se da cuenta de que su hermano está en el sofá, comienza a fruncir el ceño nuevamente.

"¿Qué estás haciendo aquí?" le pregunta mientras se prepara un poco de café. Debe estar saltándose la siesta. La miro y noto que tiene más agilidad en sus pasos que hace unos minutos. "Se supone que debes quedarte con los padres", le recuerda ella.

"Están rehaciendo los jodidos pisos. Se olvidaron de las vacaciones de invierno".

Cara pone los ojos en blanco, sin sorprenderse. "¿Qué tal un hotel?" Ella corta, y parece que ella tampoco lo quiere aquí. Viví con niños cuando estaba en el sistema de crianza y no es algo que quiera volver a hacer.

"Vamos. Son sólo unos pocos días". Lo dice con una sonrisa burlona mientras ignora sus no tan sutiles insinuaciones.

"Bien, toma la habitación de invitados. Es un desastre, así que tendrás que limpiarlo". Ella coloca sus manos en sus caderas como si estuviera lista para discutir con él. Puede que estén enojados el uno con el otro, pero aún así existe este amor subyacente. Puedo verlo en la forma en que se miran. "Sólo dos noches".

Quizás podría dormir en el auto esas dos noches. Hay algo en Lance que siempre me molestó.

"Veremos cuánto tardan los pisos", dice Lance antes de girar la cabeza para guiñarme un ojo.

Será mejor que no intente ocupar el sofá. Cara tiene un segundo dormitorio, pero es tan pequeño que me asusta. Solo había estado en cuidado de crianza durante seis meses, pero los espacios reducidos me arruinaron.

"Y déjala en paz", le espeta Cara a Lance.

"¿Mamá y papá saben que ella está aquí?" él le responde. Oh, joder, va a hacer que me echen de aquí.

"No juegues ese juego conmigo, Lance. Sé dónde están enterrados vuestros cuerpos. ¿No te ha enseñado algo esa elegante universidad de la que estás a punto de graduarte? Nunca entres en una batalla que sabes que vas a perder". Ella lo mira duramente y él no le dice nada más. Ella debe tener algo bueno con él.

Cara toma su café y regresa a su habitación, dejándome solo con su hermano.

"Entonces, ¿tienes planes para hoy?" él pide.

"Tengo trabajo, lo que significa que necesito seguir adelante".

Agarro mi bolso y voy al baño. Todavía estoy debatiendo si debería dormir en el auto esta noche. Bostezo, sabiendo que tendré que pensar en ello más tarde. Ya veo que mi aplicación de trabajo cobra vida con gente que necesita transporte a mi alrededor. No hay tiempo para prepararse.

Me cambio rápidamente antes de ir a la sala y dejar mi bolso en un rincón. Lance me observa todo el tiempo y se me eriza la piel. He aprendido a confiar en mis instintos porque, por lo que he pasado, sé que hay depredadores en todas partes.

"Estoy fuera", le digo, y Lance me mira como si estuviera loco.

Estoy en jeans y una sudadera holgada. Incluso me recogí el pelo en un sombrero, tratando de parecer más un niño. Es más fácil así con algunos de los locos a los que he llevado.

"¿Como eso?" Él me levanta una ceja a modo de juicio.

No tengo idea de cómo se las arregla para observarme y al mismo tiempo mirarme como si fuera un vago, pero se las arregla para lograrlo. Me pregunto si aprendió eso en su elegante universidad.

"Créeme, a donde voy a nadie le importa lo que llevo puesto", le digo mientras abro la puerta principal.

"¿Has tenido noticias de tu madre?" Su pregunta me sobresalta. Pensé que ya me había acostumbrado, pero aun así la mención de mi madre siempre me produce eso.

"No", le digo antes de cerrar la puerta detrás de mí. "Ella ya no se preocupa por mí", murmuro para mis adentros mientras salgo al frío.

Capitulo 2

Dodley

Me quito los auriculares y los coloco en el escritorio a mi lado mientras escribo mis notas. Soy yo quien tiene la última palabra en el teatro y quiero asegurarme de que todo sea perfecto. Mi empresa es conocida por ser meticulosa, pero eso se debe principalmente a que yo lo soy.

"Por supuesto que tienes cambios", dice Simon a mi lado. Escucho el cansancio en su voz, pero sé que hay luz al final del túnel.

"Sólo unos pocos", digo mientras sigo escribiendo.

colín El entretenimiento es mi bebé. En realidad, es más como mi amante exigente con todo el tiempo que me ocupa. La compañía que construí desde cero hace muchas cosas, pero tiene un objetivo principal: crear los mejores teatros del mundo.

Podemos construir un teatro desde cero que pueda usarse para obras de teatro o conciertos. También podemos restaurar edificios históricos que se utilizan para espectáculos y películas. Amo lo que hago y es muy divertido, pero siempre hay trabajo por hacer. Este teatro está casi terminado y no puedo esperar a verlo todo ensamblado.

"Aún estás escribiendo". Simon se inclina sobre mi hombro y me muevo para que no pueda ver mi pantalla.

"Te lo enviaré cuando haya terminado".

"Bien, pero espero que traigas donas por la mañana. Estaré aquí toda la noche". Suspira dramáticamente mientras se deja caer en su silla.

Cierro mi computadora portátil y la dejo en mi bolso de mensajero mientras sacudo la cabeza. "No, no lo eres, y no te atrevas a decirle a Dean que yo soy la razón por la que trabajas hasta tarde". Simon es un adicto al trabajo pero intenta culparme a mí. "Voy a enviarle un mensaje de texto diciéndole que te envié a casa pero que no te irías".

"No te atreverías". Simon se sienta y se pone la mano en el pecho. "Eso duele, Dodley. ¿Como pudiste?"

Sonrío y pongo los ojos en blanco mientras agarro mis cosas. "No puedo esperar a escucharla", digo, mirando fuera de la cabina de sonido hacia el escenario. "Ella va a estar magnífica".

"¿Te importaría decirme por qué no tenemos un proyecto preparado una vez que este esté terminado?" Simon me mira entrecerrando los ojos. Hemos trabajado juntos el tiempo suficiente para que él sepa que algo pasa.

"No sé de qué estás hablando". Evito su mirada y busco mis llaves.

"Mentiroso." Me tiende las llaves, pero cuando voy a cogerlas, las retira. "Dime que esto no se debe a Dean".

Quiero hacerme el tonto, pero Simon es mi mano derecha y no hay manera de que no se dé cuenta. "Es posible que haya mencionado que necesitabas tomarte un tiempo libre".

"Lo sabía."

"Simplemente te extraña en casa y hemos estado yendo sin parar desde que tengo uso de razón. Creo que será bueno para los dos tomarnos un descanso". No menciono que el marido de Simon tiene planeadas unas vacaciones europeas para los dos y que básicamente amenazó con quitarme la vida si reservaba otro proyecto.

"Yo amo lo que hago. Se lo he explicado".

Le doy una palmadita a Simon en el hombro y él me entrega las llaves. "No hay necesidad de elegir. Sólo hay que encontrar un equilibrio". Él asiente mientras me acerco hacia la puerta. "Haz los cambios y estaremos listos. Estaré aquí mañana para realizar las pruebas".

"Te veré entonces", dice, y lo saludo con la mano mientras salgo.

El teatro que hemos estado renovando es uno de los más antiguos de la ciudad. Se ha utilizado para muchas cosas, pero originalmente fue hecho para ser un music hall. La sociedad de preservación histórica de la ciudad intervino y nos encargó devolverla a la vida. El vecindario no es el mejor en este momento, pero esperan que este lugar pueda cambiar eso. Parte del área se está renovando y esto será una gran adición a la comunidad. Ha sido uno de mis proyectos favoritos y me entristece un poco verlo llegar a su fin.

Definitivamente no es porque no tenga nada esperándome en casa. Hago un cálculo rápido de lo que tengo en el frigorífico para cenar y sé que tengo que pasar por el supermercado de camino a casa. Normalmente no guardo nada allí, pero como se acercan las vacaciones, pasaré mucho tiempo en mi ático.

Cuando llego a la acera, abro la aplicación de mi teléfono para solicitar un servicio de automóvil. Hace unos años intenté tener un conductor, pero pasaba tantas horas en el trabajo que era un desperdicio. Por lo general, simplemente voy desde el lugar en el que estoy trabajando hasta mi ático y listo, así que el conductor no tiene nada que hacer. Podría tomar un taxi, pero necesito hacer al menos una parada y prefiero tener a alguien esperándome que tener que avisar a alguien en cada lugar. La mayoría de las veces puedo darles algo de dinero extra y se quedarán quietos mientras consigo lo que necesito.

La aplicación suena y me dice que mi conductor llegará en tres minutos. Miro la foto y el auto, pero la foto es tan oscura que es difícil distinguir cómo lucen. Guardo mi teléfono en mi bolsillo y miro a mi alrededor en busca de un Mercedes plateado. Supongo que conducir y recoger gente paga bien.

Me estoy impacientando cuando pasan cinco minutos y todavía no están a la vista. No he visto pasar ni un solo taxi y, por mucho que no quiera tomar uno, odio aún más esperar. Saco mi teléfono y miro el mapa. Fue entonces cuando vi que el conductor tomó un giro equivocado. Me irrito cuando los veo pasar por una calle lateral que ni siquiera está cerca de mí y entonces mi teléfono empieza a sonar.

"Genial", murmuro mientras respondo. "Sí, estoy esperando afuera del Village Theatre. ¿Estás planeando llegar aquí pronto? Ladro antes de que el conductor pueda hablar.

Se hace un silencio en el teléfono antes de que suene y diga que mi conductor está aquí. No sé cómo lo hicieron tan rápido después de tomar un giro equivocado, pero da igual. Cuelgo el teléfono sin molestarme en decir nada más y doy un paso hacia la acera. El Mercedes se detiene suavemente, abro la puerta trasera y entro.

"Lo siento, es muy tarde y tengo hambre. ¿Puedes llevarme a Midtown Grocer y esperar? Te daré veinte si te sientas mientras compro. Ya tengo mi primer destino en el mapa y cuando el conductor se aleja de la acera, esa es la dirección en la que se dirige.

Cuando no dicen nada, finalmente levanto la vista de mi teléfono y veo a un joven en el asiento del conductor con el sombrero calado. No sé si es un niño o una niña, pero no parecen tener la edad suficiente para conducir. Un niño no debería estar en esta parte de la ciudad a esta hora de la noche.

"Sí", escucho en voz baja desde el frente, pero no se dan vuelta.

Ahora estoy convencido de que es un niño que probablemente robó el coche de sus padres. ¿Qué diablos está pasando?

"Oye, chico, ¿tienes edad suficiente para conducir?" Me inclino hacia adelante y ellos se acomodan un poco en su asiento. "Oye, te estoy hablando a ti", digo más fuerte, pero nuevamente se alejan y se pegan a la puerta. El auto se desvía un poco y empiezo a sentir pánico. "¿Qué carajo..."

Extiendo la mano y agarro al niño por el hombro, y de repente el auto se llena con un grito tan fuerte que me duelen los oídos.

"Mierda", maldigo mientras el auto se desvía de nuevo y soy arrojado contra la puerta.

Se ha quitado el sombrero y se le cae el pelo, largo y rubio rojizo. La joven mira por encima del hombro con los ojos muy abiertos por el pánico cuando el coche se detiene. "Tengo spray de pimienta, no te muevas".

Miro hacia abajo y veo el spray en su mano y su dedo en el botón. Extiendo las manos con las palmas hacia arriba y trato de estar lo más tranquila posible. "Vaya, fácil. No te voy a lastimar."

"No tengo dinero", dice mientras mira hacia la consola que tiene al lado.

No soy detective, pero diría que simplemente renunció a dónde guarda su dinero. "No quiero tu dinero. Lo siento, pensé que eras un niño".

Sus cejas se juntan en confusión y no creo que me crea. "¿Cómo te llamas?" Pregunto y espero un momento antes de que finalmente me responda.

"Martine", dice, pero todavía parece asustada.

"Está bien, Martín. SoyDodley. Te juro por que los Eagles ganen otro Super Bowl que no voy a hacerte daño. Pero si presionas el botón de ese spray de pimienta en este auto, no sólo me cegarás, sino que tú también lo conseguirás".

Ella me mira con escepticismo y no me atrevo a mover un músculo. Aunque me griten que la alcance.

"¿No te enseñaron seguridad con esa cosa? No puedes rociarlo en un espacio reducido. Terminarás metiéndolo en tus ojos y entonces ambos estaremos jodidos.

"Lo acabo de conseguir en línea", dice, ahora mirándose la mano y cada vez más asustada.

"Tal vez simplemente hojees las instrucciones más tarde. No soy una amenaza, Martine. Sinceramente, pensé que un niño había robado el coche de sus padres y lo conducía".

"¿Y resulta que están recogiendo gente por dinero?" Está enojada otra vez, pero baja un poco el spray de pimienta.

"Veo que decir eso en voz alta suena ridículo, pero realmente solo quiero ir al supermercado a comprar algo de comida y luego dormir en mi cama. Es tarde y no habrá taxis por un tiempo. Eras el único conductor en el área, así que mi opción es caminar y son poco más de diez millas". Lentamente meto la mano en mi chaqueta y saco el clip para billetes. Saco un billete de cien dólares y se lo ofrezco. "Por favor, estoy desesperada".

Ella entrecierra los ojos pero me lo quita de la mano antes de que pueda parpadear. "Siempre y cuando mantengas las manos tranquilas".

Doy un suspiro de alivio mientras me relajo contra el asiento de cuero y ella comienza a conducir de nuevo. Mis ojos no la abandonan mientras ella me mira desde el espejo retrovisor con sospecha.

Capítulo 3

martina

Maldita sea, debería haber leído esas instrucciones con más atención. ¿Qué pasa si se equivoca y esta es su forma de engañarme? Vuelvo a mirar sus brillantes ojos azules e incluso en la oscuridad brillan. Es tan grande que ocupa la mayor parte del asiento trasero y no habría tenido manera de luchar contra él.

El GPS me pita y lo ignoro. He estado haciendo esto el tiempo suficiente para saber cuáles son los mejores caminos a tomar y dónde llegar más rápido. Siempre estoy un manojo de nervios al ligar con chicos a esta hora de la noche y nunca sé si un asesino en serie va a entrar.

Dodley Aunque no parece ese tipo, pero ¿cómo podría saberlo realmente? Solo recuerdo que Ted Bundy era un zorro en su día y nadie sospechaba de él.Dodley Tiene el pelo oscuro y ondulado y una sombra de las cinco en punto, pero tiene sentido porque es media noche. Lleva un suéter grueso y un abrigo, pero todavía puedo decir que su cuerpo es músculo debajo, y aunque me asustó muchísimo, es hermoso de pies a cabeza. Sin mencionar que tiene una sonrisa que me hace olvidar adónde vamos.

"Dijiste Midtown Grocery, ¿verdad?" Le pregunto y él asiente.

"Sí, sólo necesito entrar corriendo y recoger algunas cosas. Me muero de hambre y he comido comida rápida durante el último mes. No puedo hacerlo de nuevo. ¿Estás seguro de que puedes esperar?

Asiento y luego me doy cuenta de que puede que esté demasiado oscuro para que él pueda verlo. "Sí, está bien." La zona de la ciudad no está mal, pero sigue siendo un estacionamiento en medio de la noche. Dios, espero que este tipo sea un comprador rápido. Podría irme tan pronto como él salga y tomar su dinero. Aunque podría denunciarme a la empresa y luego corro el riesgo de perder mi trabajo.

"No es realmente seguro para una mujer como tú ligar con extraños por la noche", dice, y siento que se me ponen los pelos de punta.

"¿Una mujer como yo?" Lo miro por el espejo retrovisor, pero él no parece desconcertado.

"Solo quise decir lo pequeño que eres".

Observo cómo sus ojos bajan y me muevo un poco en mi asiento. Me doy cuenta de que no siento la misma repulsión que sentí hoy cuando Lance me lo hizo y me pregunto por qué es diferente ahora. Tal vez sea porque no conozco a este tipo y Lance es un imbécil.

"Además, este vecindario no es genial. Lo será, pero éste no es lugar para una mujer sola por la noche.

"¿Cómo sabes que será así?" Está tan seguro de sí mismo y no sé por qué siento la necesidad de desafiarlo.

"Porque estoy ayudando a hacerlo". Se encoge de hombros como si no fuera gran cosa cuando entro al estacionamiento.

El lugar está vacío excepto por uno o dos autos más y no hay mucha luz aquí. Estaciono lo más cerca que puedo, pero todavía está bastante lejos de la entrada y estaré mirando alrededor paranoico todo el tiempo.

"Entra y compra conmigo", dice mientras va a abrir la puerta.

"¿Quieres que vaya de compras contigo?" Pregunto, volteándome para mirarlo.

"Sí, no deberías estar aquí solo. Ven a hacerme compañía mientras compro pizza congelada". Sale sin esperar a que responda y se acerca al lado del conductor. Abre la puerta y extiende la mano. "Además, tienen chocolate caliente dentro".

"Soy más una chica de café", digo mientras salgo sin tomar su mano ni tocarlo. ¿Por qué este tipo es tan jodidamente encantador?

"Por eso eres tan bajo".

Cuando miro, su sonrisa de megavatio es suficiente para que este estacionamiento no necesite nada más para iluminarlo.

"Supongo que te alimentaron con maíz". Hago como si lo mirara de arriba abajo y juro que casi puedo ver el sonrojo en sus mejillas. Este hombre no sólo es tonto sino que no sabe lo lindo que es.

"Soy del Medio Oeste y me gusta el maíz". Cuando cruzamos las puertas automáticas, agarra un carrito y lo empuja hacia la cafetería ubicada adentro. Es tarde, pero todavía hay alguien detrás del mostrador. "Tomaré un chocolate caliente y lo que le guste a la señora".

"Lo mismo", murmuro.

"Con malvaviscos extra", le dice al chico mientras saca algo de dinero.

Es muy educado con el barista y observo cómo intercambian algunas palabras. También deja una buena propina en el frasco que no me pierdo mientras camino hasta el final para esperar nuestras bebidas. Por primera vez miro sus manos y me siento aliviado cuando no veo ningún anillo. Ni siquiera sé por qué me molesto en mirar porque no importa.

Dodley Camina hacia donde estoy parado mientras nos pasan las bebidas y luego llevamos el carrito con nosotros mientras caminamos por los pasillos de comida.

"Ya me siento mejor", dice, mirándome y tomando un trago. "Entonces, ¿cuál es tu placer culpable nocturno?"

Observo mientras toma una caja de galletas Oreo con doble relleno del estante y las pone en su carrito. Esos son mis favoritos absolutos, pero no voy a admitirlo.

"No sé. Depende de mi estado de ánimo —digo, fingiendo ser genial. ¿Qué está mal conmigo? ¿Por qué me importa lo que piense este tipo?

"Bueno, pensé que era una pregunta fácil. Supongo que entonces iremos directamente a ello". Inmediatamente me pongo ansioso por lo que podría preguntarme. "¿Blanco o trigo?" pregunta, sosteniendo dos hogazas de pan.

Me muerdo el labio para evitar reírme mientras sacudo la cabeza y señalo el blanco. Soy como un niño de jardín de infantes en lo que respecta a la comida. Sólo amo las cosas que son terribles para mí.

"Ah, ya veo. Eres uno de esos". Me guiña un ojo mientras coloca el pan en el carrito.

"¿Uno de qué?" Finjo estar ofendido cuando él toma las patatas a continuación.

"No tengo idea, solo me gusta oírte hablar. Pareces responder cuando te hago enojar".

Tengo que doblar la barbilla para que no vea el sonrojo en mis mejillas. ¿Quien diablos es este tipo?

"Entonces, ¿cuánto tiempo llevas recogiendo extraños y luego amenazándolos con gas pimienta?" Dios, ¿podría ser más guapo? Tiene un maldito hoyuelo en un lado cuando sonríe.

"Llevo haciéndolo unos meses, pero tienes suerte. Fuiste el primero al que tuve que amenazar".

"Me gusta ser el primero". Su voz profunda es demasiado cómplice y tengo que darme la vuelta y fingir que leo las etiquetas de las latas de atún para que no pueda ver mi cara.

No es posible que sepa que soy virgen. ¿Bien? Oh Dios, quiero que se abra un agujero en el suelo y me trague. es mucho para preguntar?

"¿Te gusta?" pregunta mientras avanzamos hacia el siguiente pasillo.

"¿Honestamente?" -digo y él se detiene.

"Sí, me gustaría que fueras honesto conmigo".

"Son muchas horas y un buen dinero. Pero estoy tratando de decidir qué hacer a continuación". Es la primera vez que digo eso en voz alta y da tanto miedo como lo tengo en mi cabeza. No tengo idea de lo que estoy haciendo ni de lo que me depara el futuro, pero tengo que hacer algo pronto.

"Parece que tienes una buena cabeza sobre tus hombros". Sonríe como si tuviera un secreto. "Quiero decir, además de no leer las instrucciones de un arma".

"No puedes dejar pasar eso, ¿verdad?" —digo en broma, y deja de empujar el carrito para girarse y mirarme.

"Ahora, ¿por qué te dejaría ir?"

Él extiende la mano y por un segundo creo que va a atraerme hacia él. En lugar de eso, levanta la mano y apenas toca mi pómulo antes de retirarla.

"Pide un deseo", dice, sosteniendo una pestaña entre sus dedos.

Es muy tonto, pero solía hacer eso todo el tiempo cuando era niña. Desearía cosas estúpidas como un pony o un unicornio. No lo he hecho en mucho tiempo, pero algo en este momento se siente realmente agradable. Y no he tenido nada bueno en mucho tiempo.

Cierro los ojos, pienso en lo que mi corazón más desea en el mundo y me concentro. Cuando tengo mi deseo en mente, asiento y abro los ojos.Dodley se ha acercado y está justo frente a mí mientras sostiene mi deseo.

"Tienes que soplar", dice en voz baja.

Lo miro y su aroma a jabón fresco y árboles invade mis sentidos. Junto mis labios y hago lo que me pide y la pestaña se aleja flotando. Ambos nos quedamos allí, acercándonos cada vez más hasta que de repente suena el altavoz anunciando que la tienda está cerrando.

"Supongo que será mejor que termines tus compras", digo, dando un paso atrás y tratando de recuperar el aliento. ¿Qué demonios acaba de pasar?

"Sí, yo supongo que sí. De lo contrario, podría morir de hambre".

Me mira la boca cuando lo dice, pero dobla la esquina y recorre otro pasillo. ¿Es mi imaginación o está sucediendo algo más aquí? Creo que la falta de sueño me está jugando una mala pasada. Tengo que descansar un poco o me volveré loco.

Capítulo 4

Dodley

Dios, ella es hermosa. La miro mientras ella mira el expositor de dulces y el cajero escanea mis compras. Cuando su lengua rosada se asoma, me acerco y rozo deliberadamente mi brazo contra el de ella. Ella no se aleja de mí mientras agarro la barra de chocolate que ha estado mirando todo el tiempo.

"Para el viaje en auto", digo, y ella niega con la cabeza y su cabello rubio cae sobre un hombro.

Ella tiene una idea, pero no voy a informársela. No cuando puedo explotarlo a mi favor. Cuando quiere algo, se lame la comisura de los labios. Lo noté cada vez que veía algo que quería. Lo agarraría y luego la vería luchar contra una sonrisa. O esconder su sonrojo cuando me acercaba demasiado.

Ella es asustadiza, pero yo no soy de los que retroceden ante un desafío. Nunca antes había perseguido a una chica y tengo la sensación de que tendré que aprender a hacerlo.

¿Cómo pude haber pensado que era una niña cuando me subí al asiento trasero? Ahora estoy aquí mirándola y ella es toda mujer. Respiro profundamente y su dulce olor azucarado alimenta un nuevo hambre que nunca antes había sentido.

"¿Compartirás?" pregunta, inclinando la cabeza hacia atrás para mirarme.

Es demasiado pequeña para deambular sola a altas horas de la noche. No me importa si ella vive en Pleasantcolín, tiene la tentación escrita en todas partes y ni siquiera lo sabe. Claro, ella sabe que debe tener cuidado, pero no creo que entienda cómo saca a relucir algo en un hombre que lo hace cuestionarse qué haría para acercarse a ella.

No entiendo cómo lleva meses haciendo su trabajo y nadie ha intentado reclamarla. Tal vez no la vieron bien como lo hice yo, o tal vez no esté soltera.

¿Qué novio tonto la dejaría conducir por las calles a altas horas de la noche dejando entrar a hombres extraños en su auto? No, cualquier hombre que permitiera que eso sucediera no la merecía.

"Está bien, no es necesario", se ríe, y me doy cuenta de que aprieto la mandíbula porque estoy pensando en ella con alguien además de mí.

"Compartiré." Me inclino un poco más y ella no se aleja. "Pero sólo contigo", agrego antes de colocar la barra de chocolate en el mostrador de la caja.

Me relajo y trato de no concentrarme en algo que sólo va a enojarme. Ella apenas había comenzado a relajarse y no quiero arruinar eso. Todavía estoy tratando de entender lo que me está pasando. Si Simon estuviera aquí, se estaría riendo a carcajadas. No tengo idea de lo que estoy haciendo, pero estoy concentrado en mantenerla tranquila.

Su lengua se asoma y me pregunto si es por mí o si está pensando en la barra de chocolate otra vez. De cualquier manera, lo aceptaré.

"¿Eso es todo, señor?" pregunta el cajero.

"Eso debería detenernos por ahora". Saco mi tarjeta y la deslizo a través de la máquina. "¿No crees?" Vuelvo a mirar a Martine, necesito su atención. ¿Qué me está pasando?

"Sí, creo que eres bueno". Ella niega con la cabeza como si estuviera siendo ridícula, y lo soy.

Pongo la compra en el carrito y lo empujo hacia el auto. Ella abre el baúl y yo los cargo antes de regresar con el carrito. Cuando llego al auto, ella ya está dentro con el motor encendido. Esta vez no me subo atrás y me siento en el asiento del pasajero. Ella me mira con sorpresa por un momento pero no dice nada.

"¿Es aquí a donde vamos?" pregunta mientras coloca su teléfono celular en un soporte en el tablero.

"Hogar, dulce hogar", confirmo, inclinándome hacia atrás para poder mirarla.

Mantengo una conversación fácil con ella mientras conduce porque quiero escucharla hablar. Pero cuanto más nos acercamos a mi casa, más pánico comienza a apoderarse de mí. Me doy cuenta de que cuanto antes esté allí, antes ella se irá. Tengo la sensación de que ella no aceptará salir conmigo tan fácilmente y necesito cerrar el trato.

Saco mi teléfono celular y me desplazo hasta mis llamadas anteriores. Guardo su número inmediatamente para que al menos lo tenga. No es suficiente, así que le envío un mensaje de texto a mi portero Jim y le pido un pequeño favor. Cuando él responde, guardo mi teléfono y vuelvo a prestarle toda mi atención.

Cuando abro la barra de chocolate, le parto un poco y se la ofrezco.

"Está bien, no tienes que hacer eso". Mira el trozo de chocolate y luego vuelve a la carretera.

"Herirás mis sentimientos si no lo haces".

Ella me sonríe y pone los ojos en blanco un poco, pero extiende la mano y me lo quita. Se come todo el trozo de una vez y luego emite un pequeño zumbido. Tengo que apartar la mirada porque es casi erótico y tengo que concentrarme. De lo contrario, la miraré como a un perro mientras conduce.

Le ofrezco otro y esta vez no pelea conmigo. Cuando mastica, vuelve a emitir el sonido y lucho contra mi propio gemido. ¿Por qué suena como si se estuviera deslizando sobre mi polla?

"Tienes hambre", le digo distraídamente mientras me aclaro la garganta y le entrego otro trozo.

"Viviré", dice mientras mastica, y me pregunto con qué frecuencia se queda sin comer.

"Ven a casa conmigo", dejo escapar. Ella me mira con escepticismo. "Déjame darte de comer", agrego rápidamente.

Me pregunto si puedo evitar que vuelva a salir esta noche. Ya es muy tarde y me preocupa que recoja a alguien más.

"No debería". Veo su lengua tocar el costado de su boca y es mi señal de que quiere hacerlo.

"Tendrás que ayudarme a cargar todas estas cosas de todos modos". Hago un gesto hacia el maletero del coche. "Me aseguraré de darte una propina por la ayuda", agrego para intentar darle motivos para decir que sí.

Es obvio que necesita el dinero si se dedica a este tipo de trabajo, y vi lo rápido que tomó el dinero de mi mano. Saber que ella necesita algo es otra cosa que puedo agregar al montón de cosas que no me importan. La lista está creciendo rápidamente, pero es bueno que siempre me haya gustado marcarles cosas. Deshacerse de un novio, cheque. Asegurándose de que tenga lo que necesita, compruébelo. Como todas las cosas en la vida, a mi cerebro ya se le ocurren ideas sobre cómo hacerlas.

"Compartí mi barra de chocolate contigo". Sostengo el envoltorio vacío.

"Dios mío, me lo comí todo".

Ella lucha contra una risa, pero ésta sale de ella y el sonido llena el auto. Cuando resopla, se tapa la boca con la mano y se ríe más. Tengo que apretar los puños para evitar alcanzarla y causar un desastre. ¿Por qué es tan jodidamente linda?

"Supongo que es lo mínimo que puedo hacer después de comerlo todo", dice y luego me sonríe.

Pero tan pronto como llegamos al edificio, observo cómo regresa su inquietud.

Capítulo 5

Tonterías. Realmente no había pensado hacia dónde nos dirigíamos hasta que llegamos aDodleyEl edificio. Es el lugar más bonito en la parte más bonita de la ciudad. Mi risa se apaga y siento un leve arrepentimiento al ofrecerle ayudarlo. Pero necesito el dinero. ¿Qué más se suponía que debía hacer?

Quería decir que sí cuando me pidió que me preparara la cena. Por primera vez en mucho tiempo me estaba divirtiendo y disfrutando. No tiene idea de quién soy. Para él solo soy una chica que lleva a la gente a donde quieren ir. Con él puedo vivir el momento por un tiempo. Hasta que llegamos a su casa y vuelve a caer. No le llevará mucho tiempo descubrir quién soy, quiera o no. Por el edificio en el que vive se desprende claramente que proviene del dinero. Del tipo que conoce a gente como mis padres. ¿Qué pasa si alguien me reconoce?

"¿Estás bien?"Dodley Pregunta mientras entro en un lugar de estacionamiento vacío y estaciono el auto.

Es bueno leyéndome, lo que significa que tendré que esforzarme más para mantenerlo a distancia.

"Sí, simplemente estoy cansado", lo admito, y es la verdad. Aunque no es sólo la falta de sueño lo que me desgasta. Estoy cansado de muchas cosas y mantener a la gente a distancia es lo principal en este momento.

"Vamos." Él sale del auto y antes de que me quite el cinturón de seguridad, él está a mi lado y me abre la puerta. Esta vez no me ofrece su mano, sino que mete la mano dentro y me toma la mano para que no tenga la opción de rechazarla.

"¿Qué dije acerca de mantener las manos quietas?" Se lo recuerdo, pero no me alejo de su toque.

"Pensé que habíamos superado eso cuando te comiste todo mi chocolate". Su sonrisa invoca la mía y siento calidez por todas partes. ¿Cómo sigue haciendo eso?

"Vaya, te gusta guardar rencor", le bromeo mientras me cierra la puerta del auto y abro el maletero.

"Como dije, hablas más cuando te molesto".

Mete la mano en el baúl y me entrega una bolsa antes de tomar el resto para él. Empiezo a decirle que podría cargarlos todos, pero me detengo. Me recuerdo a mí mismo que se trata del dinero de la propina y no de querer pasar más tiempo con él.

No tengo ningún lugar donde estar excepto volver al auto para pasar la noche. Ya había decidido que no volvería a casa después de salir del apartamento esta mañana. Podría conseguir un hotel con los cien que le había arrebatado descaradamente.DodleyLa mano, pero no me dejaré. Sería como tirar el dinero y soy más inteligente que eso.

Yo sigoDodley hacia su edificio, y cuanto más nos acercamos, más creo que es una mala idea. Alguien podría reconocerme. Mi estómago comienza a apretarse. Me pregunto si tal vez pueda darle la bolsa a su portero y él podría ayudarlo a subirla, pero cuando entramos al edificio no veo ninguna. El vestíbulo está desierto y me alivia saber que no hay nadie más alrededor, pero luego recuerdo que es medianoche.

Ha sucedido algunas veces en las que me encontré con alguien que estaba enojado por perder su dinero y se desquitó conmigo. Siempre es muy vergonzoso, aunque sé que no fue culpa mía. Que te griten en público por ser un ladrón apesta. Ya no intento discutir ni defenderme. En lugar de eso, simplemente intento alejarme de ello. Sería peor si sucediera delante deDodley porque ha sido muy amable conmigo. Probablemente esa sea la razón por la que me atrae.

Lo sigo más allá del grupo principal de ascensores y tengo que reprimir un gemido cuando desliza su llave en uno privado al final del pasillo.

"¿Cual es tu apellido?" Pregunto mientras subo al ascensor y él me sigue.

"colín." Presiona el botón del último piso mientras yo intento repasar los nombres de las personas con las que mis padres arruinaron. No se me ocurre nada, pero nunca presté mucha atención.

"¿Tuyo?" pregunta justo cuando las puertas se abren y me salvo de responder.

Su casa está completamente vacía y entro y hago como que miro a mi alrededor.

"No estaba seguro de qué esperar, pero esto no era todo". No lleva anillo, así que supongo que es un piso de soltero, pero no hay nada aquí. Me doy cuenta de que puede que sea nuevo en la ciudad y por eso no sé su nombre. "¿Acabas de mudarte?"

"Lamentablemente he estado aquí por un tiempo". Él sonríe mientras miro a mi alrededor nuevamente y observo el sencillo sofá y la silla con una mesa de café. "Me dijeron que el lugar era una ganga y que debería comprarlo como propiedad de inversión". Lo sigo hasta la brillante cocina blanca que parece de alta tecnología. "Realmente no me importa dónde duermo. Mientras pueda tomar unas horas aquí y allá, estoy bien".

"Debe ser agradable", murmuro sin pensar en lo que estoy diciendo.

Él se detiene ante mi error y sus ojos se encuentran con los míos. Veo la preocupación cruzar su rostro y luego me siento como un idiota por decirlo. No es culpa suya que sea rico y yo esté en mi situación.

"Déjame hacerte la cena". Su voz es más suave ahora, pero hay lástima en ella.

"No necesito tu caridad". Coloco la única bolsa que me dio sobre el mostrador y me cruzo de brazos.

"No te lo pregunto por eso". Apoya sus manos en el mostrador y parece que se está preparando para una pelea, pero no quiero eso con él. "Quiero que te quedes porque te lo pedí y quieres estar aquí. Me divierto fuera de la oficina, lo que nunca sucede". Él sonríe y veo su hoyuelo. Pienso en cómo sería inclinarme hacia su gran cuerpo y besarlo allí. Tendría que inclinarse un poco para que yo pudiera alcanzarlo, o tal vez podría hacerlo si me pusiera de puntillas. "Quédate", dice en voz baja, y no puedo decir que no.

"Está bien", estoy de acuerdo, y se siente bien tener a alguien que me quiera cerca. "Pero no puedo cocinar ni una mierda", admito mientras me siento en una de las sillas altas debajo del mostrador.

"Estás de suerte. Pasé los domingos en la cocina con mi mamá y conozco mi camino". Sonríe mientras comienza a desempacar la compra y me pasa las galletas Oreo. No puedo evitar tomar uno.

"¿Eso es lo que hacen los domingos los buenos chicos del Medio Oeste?"

"No, los paso en el trabajo o gritándoles a los Eagles cuando juegan. Me crié aquí, cariño".

Su término cariñoso me toma por sorpresa cuando coloca un vaso de leche frente a mí.

"No te llenes de galletas. Voy a darte de comer". Asiento mientras lo veo moverse por la cocina. El lugar parece deshabitado, pero él sabe cómo moverse.

"Dijiste el Medio Oeste antes".

"Yo nací allí. Mi mamá es del Medio Oeste y pasé los veranos allí con mis abuelos. Mis padres regresaron allí cuando mi papá se jubiló. Todavía tengo la ciudad en la sangre. He estado aquí casi toda mi vida".

Cuando dice eso, sé que todo lo que tendré con él es esta noche. No hay forma de que no descubra quién soy y qué ha hecho mi familia. Nuestros círculos son demasiado pequeños. Me sorprende no conocerlo ya, pero apuesto a que Cara sí.

Le sonrío y sé que voy a aceptar lo que pueda conseguir. Aunque sea sólo por esta noche, voy a fingir que no soy yo. Sólo soy una chica cenando con un hombre amable, porque eso es todo lo que esto puede ser.

Capítulo 6

Dodley

Hablamos durante horas hasta que ella se quedó dormida en el sofá. No quería despertarla, así que la cubrí con una manta y la miré. Debí haberme quedado dormido con ella porque lo siguiente que supe fue que me despertaba solo en el apartamento.

Miré a mi alrededor pensando que tal vez estaba usando el baño, pero cuando llamé a seguridad me dijeron que la había perdido por unos minutos. Pensé en correr tras ella, pero no quería parecer completamente loco. En lugar de eso, tomo mi teléfono y envío un mensaje de texto rápido.

Yo: ¿Estabas esperando a que me durmiera para poder escaparte? No pensé que fuera tan aburrido.

Espero un segundo y luego le envío otro.

Yo: En serio, la pasé muy bien anoche. ¿Quieres volver a mi lugar árido y volver a cenar esta noche?

Sé que es distante, pero al menos tengo que intentarlo. No puedo dejarla escapar y no voy a dejarla ir tan fácilmente. Estoy mirando mi teléfono, deseando que me responda el mensaje de texto, cuando finalmente suena.

Martine: Quizás si no roncabas tan fuerte habría seguido durmiendo ;)

Ella no me rechaza de inmediato, lo cual es una buena señal, pero necesito una confirmación.

Yo: no te creo. Desayuna conmigo y déjame compensarte.

Pasa un largo momento antes de que pueda ver que está escribiendo y finalmente llega su mensaje.

Martine: Voy a trabajar todo el día. Quizás pueda hacer algo más tarde dependiendo de cómo vaya. ¿Puedo enviarte un mensaje de texto más tarde?

No es un no rotundo, lo cual creo que podría ser un progreso. Pero son las siete de la mañana y sé que solo durmió dos o tres horas como máximo. No debería conducir si está cansada. Pienso por un segundo antes de responder y, mientras tanto, ella me envía un mensaje de texto nuevamente.

Martine: No sientas que me debes nada. Me divertí anoche, pero podemos dejarlo así.

Sacudo la cabeza porque es como si estuviera tratando de darme una salida.

Yo: Aprieta los frenos, cariño. Tengo un montón de cosas con las que necesito ayuda hoy y si estás trabajando, ¿tal vez podamos resolver algo?

martina: como que...

Yo: Nos vemos en la cafetería de la calle 11 y Garden en quince minutos. Te traeré un café tan negro como tu alma y te diré lo que necesito.

martina: nos vemos allí.

Me doy una ducha rápida, me cambio de ropa y luego agarro mi bolso de mensajero. Corro hacia la cafetería y cuando llego veo a Martine sentada junto a la ventana. Lleva una sudadera diferente y lleva el pelo recogido con la gorra de ayer. Ella me sonríe y siento que me alegró el día incluso antes de que comenzara.

Cuando me siento, una camarera se acerca y toma nuestro pedido. Agrego comida con el café porque sé que Martine no ha comido desde que se fue y no creo que ordene si le digo que pago. Cuando toma nuestro pedido y se aleja, le doy una mirada dura a Martine.

"Número uno, no ronco".

Está engreída mientras bebe su café y desearía poder inclinarme hacia delante y besarla.

"De acuerdo en no estar de acuerdo", dice mientras envuelve sus manos alrededor de la taza caliente.

"Número dos, no vuelvas a hacer eso".

"¿Hacer lo?" Sus cejas se juntan en confusión.

"Huye de mí así. Me asustaste." Veo un poco de color subir a sus mejillas y ella asiente levemente.

"Lo siento, simplemente no quería que fuera incómodo". Se encoge de hombros y por primera vez veo vulnerabilidad en sus ojos. "De todos modos, ¿en qué necesitas que te ayude?"

"Estoy llegando al final de un proyecto realmente grande y mañana por la noche habrá una gran celebración. Me gustaría que me ayudaran a prepararme para eso y no puedo estar en dos lugares a la vez".

"Bueno." Parece reticente a aceptar, así que sigo hablando.

"Serías perfecto para el trabajo. Necesito a alguien que pueda ir a lugares por mí, recoger cosas y entregarlas. Estoy seguro de que hay una empresa que puede hacerlo, pero necesito a alguien en quien pueda confiar".

Ella parece sorprendida mientras me mira fijamente. "¿Confías en mí?"

"Quiero decir, no con una botella de spray de pimienta, sino con todo lo demás, sí". Ella pone los ojos en blanco y me alegra verla sonreír. "En serio, déjame contratarte por un día. Te pagaré lo que cobres si mantienes el medidor funcionando y te quedas con las propinas que alguien te da por las entregas".

La veo haciendo los cálculos mentales y luego asiente levemente con la cabeza. "¿Podemos hacer efectivo para no tener que pasar por la empresa? Se llevan una buena parte cuando uso su programa".

"Absolutamente." Odio que tenga que conducir el coche, pero al menos es un trabajo honesto. Y también es un coche realmente bonito. Olvidé preguntarle sobre eso, pero no parece el momento adecuado.

La camarera trae nuestra comida y la deja frente a nosotros. Empujo un plato hacia ella y ella intenta negarse antes de que yo acerque el plato. Finalmente agarra un tenedor y comenzamos a comer.

Le digo los lugares a los que necesito que vaya y lo que necesita aprender. Toma notas y anota los nombres de las calles a medida que avanza. Puedo decir que es muy inteligente, hábil y organizada y también conocedora de la ciudad.

"Conoces este lugar como la palma de tu mano", le digo mientras cambia el orden de los lugares que le he dado según la ruta que va a tomar.

Ella me sonríe y hay algo cercano al orgullo en sus ojos. "Tengo algunos talentos".

"Lo sé", digo mientras extiendo mi mano y la coloco junto a la de ella sobre la mesa.

Mis dedos rozan los de ella y ella no se aleja. Tengo falta de sueño y trabajo excesivo, pero ahora siento que podría correr el maratón de Boston si ella me lo pidiera. Nunca me he sentido más viva con alguien ni más en paz. Sus suaves ojos marrones me miran y hay una pregunta allí. No sé qué es, pero parece que quiere que le haga una promesa.

Nos quedamos así durante un largo momento, cada uno de nosotros tratando de decir lo que tenemos miedo y ninguno de los dos estamos dispuestos a romper el momento.

Lamentablemente mi celular lo hace por nosotros cuando empieza a sonar. La canción "Eye of the Tiger" empieza a sonar y quiero estrangular a Simon. Meto la mano en mi bolsillo, lo saco y presiono ignorar.

"Está bien, puedes aceptarlo", dice.

Justo cuando ignoro la llamada y le digo que está bien, la canción vuelve a cobrar vida. Suspiro mientras me disculpo y respondo.

"Será mejor que esto sea bueno", digo antes de que Simon pueda hablar.

"El inspector de la ciudad está aquí, ¿dónde estás?"

"Mierda." Lo olvide por completo.

"Sí, la mierda está bien. ¿Y dónde están mis donas? No me digas que realmente dormiste". Puedo escuchar la incredulidad en su voz.

"Por supuesto que no", digo mientras miro a Martine a los ojos. "Estoy en camino."

Cuelgo el teléfono y ella me sonríe. "Supongo que ambos necesitamos comenzar el día", dice, sosteniendo su lista de recados.

Busco en mi billetera y pongo algo de dinero en efectivo sobre la mesa. Luego le entrego mi tarjeta de crédito, junto con una tarjeta de presentación y todo el efectivo que tengo encima.

"Vaya,Dodley, No quiero todo esto ". Mira a su alrededor como si alguien pudiera ver el dinero que lleva en la mano.

"Es por si acaso. Necesitarás dinero para algunas de las entregas y algunas no aceptan tarjetas. Si tienes algún problema, mi móvil está ahí y también el Simon de mi asistente. Tengo que correr, pero te enviaré un mensaje de texto".

Ambos nos levantamos y la acompaño hasta su auto. Le abro la puerta, pero antes de que pueda entrar, aprovecho la oportunidad y me acerco. Paso mis labios ligeramente por su mejilla y le susurro al oído.

"Estaré pensando en ti", digo antes de dar un paso atrás y alejarme.

Todo en mí quiere volver a ella y envolverla en mis brazos. Quiero darme la vuelta y mirarla, pero ¿y si ella no está mirando? ¿Qué pasa si ya se subió a su auto y no siente esto entre nosotros? La duda me invade y me enoja. Nunca he dejado que nada me detenga y no voy a empezar ahora.

Me detengo y me giro para mirar por encima del hombro porque tengo que saberlo. Cuando la veo parada ahí con sus dedos tocando el mismo lugar donde coloqué mis labios, no puedo detener mi sonrisa. Le guiño un ojo mientras me doy vuelta y sigo caminando.

La nieve suave comienza a caer y puedo oler el cambio en el aire.

Capítulo 7

martina

Lo miro irse con mi mano presionada en mi mejilla. El lugar donde me besó hormiguea y puedo sentir todo mi cuerpo calentarse. Cuando se aleja se lleva algo de mí con él. Tenía tantas ganas de girar la cabeza y presionar mis labios contra los suyos, pero me acobardé. Su gran cuerpo se aleja de mí y la nieve comienza a caer. Justo cuando estoy a punto de alejarme, se gira para darme una última mirada. Me quedo sin aliento cuando me sonríe, y de alguna manera sé que esperaba que yo todavía estuviera aquí mirándolo.

Esta mañana me costó todo lo que tenía para obligarme a levantarme de su sofá y abandonar la comodidad de su hogar. Sabía que tenía que salir de allí antes de que él y cualquier otra persona en el edificio despertara.

Dodley es el tipo de hombre que querría acompañarme hasta mi auto si estuviera despierto; Eso quedó claro por cómo me trató anoche. Yo no era una conquista que había adquirido y había intentado llevarse a la cama. Estuvo atento a cada una de mis palabras cuando hablé, y me di cuenta de que estaba cansado, pero se negó a dar por terminada la noche. No quería irme y sé que él tampoco quería que yo lo hiciera. Tampoco estaba preparado para decirle que no. Fue demasiado encantador y dulce cuando me dio todo lo que pensó que podría desear. Y todo lo que parecía querer a cambio era mi atención. ¿Cómo se suponía que iba a rechazar eso?

No hizo ningún movimiento conmigo en toda la noche y apenas me tocó. No estoy seguro de si lo estaba haciendo a propósito porque cuando traté de acercarme más él no respondió. Supongo que anoche no se trataba de eso para él, pero después de la forma en que tocó mi mejilla con sus labios, hay mucho más hirviendo debajo de la superficie.

Cuando cerré los ojos anoche, sólo iba a fingir que estaba dormida hasta que él finalmente se fuera a la cama, pero la comodidad de su hogar era demasiada y dormí mejor que en meses. Me desperté de golpe cuando salió el sol y supe que tenía que salir de allí. Tenté al destino mientras besaba su mejilla antes de irme porque pensé que sería la última vez que lo volvería a ver. Era el mismo lugar donde me había besado hace unos momentos.

Cuando dobla la esquina y se pierde de vista, me subo a mi coche.

Me dije a mí mismo que esta mañana sería la última vez que lo vería, pero ahora mira lo que pasó. Estoy completamente lleno de mierda porque en el momento en que salí de su casa tenía mi teléfono bloqueado en mi mano esperando que en cualquier momento me enviara un mensaje de texto. No le llevó mucho tiempo. Planeaba ignorar su llamada, pero me estaba mintiendo a mí mismo, no solo respondiéndole el mensaje de texto sino también aceptando todo lo que decía el hombre.

Pongo el motor en marcha porque necesito ponerme en marcha. Tengo que irme a casa en algún momento o Cara hará estallar mi teléfono preguntándome por el dinero que gané anoche. Mi teléfono suena y cuando miro la pantalla, mariposas baten sus alas en mi estómago. Sonrío antes de leer el texto simplemente disfrutando la sensación de tener algo emocionante en mi vida. He estado tan absorto en otras cosas que no me di cuenta de que faltaba hasta ahora.

Dodley: Está empezando a nevar. Conduce con cuidado.

Su preocupación es algo a lo que no estoy acostumbrado. Que alguien se preocupe por mí nunca ha existido. Mis padres ni siquiera se preocupaban por mí cuando estaban cerca. Siempre fui una ocurrencia tardía y no sabía lo bien que se podía sentir tenerlo hasta este momento. ¿Me estoy poniendo nervioso?

"No hagas preguntas estúpidas", murmuro para mis adentros en el espejo retrovisor.

Soy muy consciente de que la vida puede cambiar en un instante, pero no puedo dejar que mi mente vaya allí. Sólo tengo que concentrarme en el dinero y superar esto. No es que pueda enviarle un mensaje de texto o llamarlo y decirle que no puedo hacer esto porque ya sé el resultado. Cederé tan pronto como abra la boca porque tiene este poder sobre mí que no puedo controlar. Primero tengo que ponerme en pie y luego podré pensar en el futuro.Dodley Me está ayudando con eso al darme este trabajo hoy. Tal vez tenga más trabajo para mí en el futuro y ya estoy ideando formas de estar más cerca de él.

Pongo el auto en marcha y salgo a la calle mientras la nieve cae por todas partes. El invierno siempre fue mi época favorita del año, pero no estoy tan seguro de volver a sentir lo mismo, especialmente si paso los próximos días durmiendo en el auto. Espero que el hermano de Cara se vaya pronto, pero supongo que no con el bolso grande que trajo.

Mi teléfono suena y lo reviso cuando me detengo en un semáforo en rojo.

Dodley: Dime que tendrás cuidado o no haré nada hoy.

Me pregunto cómo sería tenerlo paseando por su oficina mientras piensa en mi seguridad. Por muy embriagador que pudiera ser ese pensamiento, no podía hacérselo. Le envío un mensaje de texto y sonrío todo el tiempo.

Yo: estaré a salvo. Ahora manos a la obra.

Levanto la vista hacia la luz roja mientras llega otro mensaje de texto.

Dodley: Debes activar tu ubicación y compartirla conmigo. Me hará sentir mejor.

Hago clic fuera del mensaje para activarlo, pero justo antes de que mi dedo toque el botón, hago una pausa y me pregunto si debería hacerlo. Como siDodley puedes verme, aparece otro mensaje de texto.

Dodley: Además, es posible que necesites ayuda sobre dónde ir hoy.

Él dice lo que necesito escuchar, así que hago lo que me pide.

Dodley: Gracias cariño

Las palabras hacen que mi corazón dé un vuelco, pero vuelvo a la realidad cuando un auto toca la bocina detrás de mí. Dejo el pie del freno y empiezo a conducir. Fuerzo mi mente a otra parte lo mejor que puedo. Ya he planeado la ruta en mi cabeza en función de todos los lugares.Dodley me dijo que fuera.

Si en algo soy bueno es en memorizar. Me hizo la escuela fácil pero también aburrida. Me encanta conducir en la ciudad y orientarme. Ha sido una de las únicas cosas buenas que surgieron de la situación de mis padres. Antes no lo apreciaba lo suficiente, pero ahora que me veo obligado a hacerlo, veo la belleza que hay aquí. Se ha convertido en un rompecabezas y quiero resolverlo con la forma más rápida de llegar de un lugar a otro.

Viajo recogiendo y dejando todas las cosas que se supone que debo. Intento no pensar enDodley, pero eso es como intentar no pensar en un oso polar rosa tan pronto como alguien te dice que no lo hagas. Pero al menos estoy ocupado y eso hace que sea más fácil relajarme. Es el primer día en mucho tiempo que no estoy constantemente estresado y realmente disfruto lo que hago. Quien lo hubiera pensadoDodley ¿Tuviste la capacidad de darme eso sin estar conmigo?

Cuando llego a la tercera parada de mi lista, estaciono el auto y salgo. Me paro frente a la antigua iglesia convertida en bar y quedo asombrado. Veo a un hombre abrir la puerta principal y venir hacia mí.

"Ella es hermosa, ¿no?" dice mientras ambos miramos las vidrieras.

"Lo es", lo admito. "¿Cómo no me había dado cuenta de este lugar antes?" Pregunto, mirando al hombre mayor.

"Fue restaurado recientemente. Estaba destinada a la demolición, perocolín la salvó".

"Dodley?" -digo un poco sorprendida. El lugar es hermoso y me hace preguntarme por qué su propia casa está tan vacía.

"Sí. Le gustan los edificios antiguos, pero éste no le interesaba. Sacude la cabeza como si recordara algo. "Lo guardó y luego me convenció para comprarlo. Juro que ese hombre puede convencer a cualquiera de cualquier cosa". Hay risa en su voz y asiento con la cabeza.

Incluso cuando intenté alejarlo, él solo seguía acercándose. Tengo un miedo en el fondo de mi mente de que en cualquier momento me puedan quitar lo poco que tengo sin ningún motivo y todo se debe a mi pasado. Pero tal vezDodley ¿Puedes mirar más allá de eso?

"Tiene talento para ver la belleza en lo que hay debajo de la superficie, eso es seguro. La gente pasó por aquí durante años y no pensó en la antigua iglesia.Dodley Vi lo que podría llegar a ser". Sus palabras le llegan más cerca de lo que él cree.

¿Es así como?Dodley ¿me ve? Es dulce que piense que puede salvarme, pero debería salvarme a mí mismo. La idea de que él quiera entrar en mi vida me da esperanza para el futuro.

Miro hacia atrás a la iglesia y me pregunto si yo sería el mismo. Una vez que haya terminado de salvarme, ¿pasará al siguiente? Por lo que sé sobre él, es un adicto al trabajo admitido. No estoy seguro de que me iría tan bien como a la iglesia cuando él pasó a otro proyecto.

"Déjame traerte esos casos", dice mientras regresa a la iglesia y me deja sumido en mis propios pensamientos. Regresa unos momentos después y me pone las cajas en mi auto. Luego me da una gran propina como en todos los demás lugares en los que he estado hoy.

"Esto es demasiado." Levanto la voz para que pueda oírme, pero ya está regresando al interior. Quiero asegurarme de que no haya dado demasiado accidentalmente.

"No te preocupes por eso". Se echa por encima del hombro y dice lo mismo que todos los demás.

Miro el dinero y me pregunto siDodley ponlos a ello. ¿Es así como va a intentar salvarme? Mis hombros caen porque lo último que quiero es lástima. Tal vez esté confundiendo la amabilidad con lo que pensé que había sido un poco de coqueteo.

Guardo el dinero en mi bolsillo y vuelvo a mi coche. Veo que tengo un mensaje de Cara y le envío un mensaje rápido para informarle que intentaré pasar más tarde. Todavía tengo varios lugares más donde detenerme antes de reunirme.Dodley, y no quiero estropear nada.

Capítulo 8

Dodley

Ha sido un día largo y Simon ha estado agotado la mayor parte del mismo. Mi sonrisa es fácil mientras me siento en la silla y observo cómo el programa termina de ejecutarse.

"¿Cómo estás tan tranquilo?" Pregunta mientras se pasa las manos por el pelo.

"Porque sé que cada vez que llegamos a este punto del proyecto te estresas y te preocupas lo suficiente por los dos". Él pone los ojos en blanco, pero yo me encojo de hombros. "También sé que siempre sale bien. Entregamos a tiempo y siempre funciona sin problemas. ¿Por qué debería ser esto diferente?

"Odio cuando tienes razón", murmura mientras el programa se completa y la prueba es un éxito.

"Solo asegúrate de que tu esmoquin esté planchado para mañana", le digo mientras se levanta y agarra su bolso.

"Siempre estoy dispuesto a ser el centro de atención. No me vuelvas a avergonzar con un traje azul marino".

Coloco una mano sobre mi corazón como si me lastimara. "Dean dijo que me veía elegante".

"Es un mentiroso". Me río cuando Simon toma sus llaves y camina hacia la puerta, pero antes de que pueda salir, casi choca con Martine. "Hola, pequeña, ¿estás perdida?"

Él la mira como si fuera un gatito perdido, pero eso probablemente se debe a que siempre trae gatos callejeros.

"Ella es mía", digo, y Martine me mira y se muerde el labio inferior para ocultar su sonrisa.

"¿Lo es ahora?" Él extiende su mano y toma la de ella. "Soy Simón y sé todo sobreDodley. Entonces, si quieres un poco de suciedad, házmelo saber". Él le guiña un ojo y ella asiente.

"Lo tendré en cuenta porque ahora mismo parece demasiado perfecto". Cuando me mira, su cabello rubio enmarca su rostro y se ve tan dulce que me duelen los dientes.

"Bueno, la verdad es que lo es, pero no le digas que dije eso". Se acerca y finge susurrar. "Eres la primera dama que me presenta y debo decir que estoy decepcionada". Doy un paso hacia él, pero sonríe como si no estuviera entendiendo el chiste. "Esperaba que jugara para mi equipo porque tengo muchos amigos que me han estado pidiendo una presentación".

Martine me mira y levanta las cejas.

"Supongo que ahora todos estarán devastados. ¿Te veré mañana en la fiesta? Simon le pregunta a Martine, pero yo respondo por ella.

"Ella estará allí".

"Supongo que lo haré", está de acuerdo, y siento calor en mi pecho.

"Diviértanse, niños. Me voy a casa con una botella de vino y diez horas de sueño".

Asiento con la cabeza cuando se va y Martine entra a la sala de control.

"No estaba seguro de adónde ir. El guardia de seguridad de abajo me señaló...

Antes de que pueda terminar la frase, corro hacia ella y le sostengo la cara mientras la beso intensamente. Sus labios son suaves y sus manos se mueven debajo de mis brazos y alrededor de mi espalda. Sus dedos agarran la tela de mi camisa, acercándome más, y luego abre la boca para mí.

El primer contacto de su lengua contra la mía es como un trago de whisky directo a mi cuerpo. He estado pensando en ella sin parar todo el día y esto es lo único que quería hacer. Bueno, había mucho más, pero este era el primero de la lista.

"Yo olvidé mi-"

Simon regresa a la habitación y Martine rompe el beso, enterrando su rostro en mi pecho. Me río de la expresión de sorpresa en el rostro de Simon mientras toma su teléfono y lentamente sale de la habitación.

"Um, no me hagas caso. Ustedes dos tengan una buena noche".

Cuando la puerta se cierra de nuevo, beso la parte superior de la cabeza de Martine hasta que ella me mira. Su cara está roja brillante y se muerde el labio inferior.

"Lo siento", susurra, pero sacudo la cabeza y beso sus labios rápidamente.

"Debería sentirlo. Estuve pensando en besarte todo el día y perdí el control". Le coloco el pelo detrás de la oreja y siento sus manos en mi espalda baja. La beso de nuevo rápidamente porque no puedo parar ahora que la he probado.

"Yo también he estado pensando en ti". Ella me mira a través de sus pestañas mientras mis pulgares frotan su barbilla.

"Entonces, ¿vendrás conmigo mañana por la noche?" Pregunto, rozando mis labios con los de ella. De repente ella se tensa y yo me recuesto.

"Tendré que ver qué tengo que puedo usar. No lo pensé antes de decir que sí".

"¿Fuiste a la tienda de Kensington?" Le pregunto y ella asiente. "Entonces ya lo recogiste".

Sus ojos se abren en estado de shock. "¿De qué estás hablando?"

"Uno de los recados que te pedí hoy fue recoger un vestido para mañana. Sé que es una invitación de último momento a un evento formal. No esperaba que tuvieras un vestido de fiesta a mano". Le sonrío y su cuerpo se relaja. "Creo que Simon es la única persona que conozco que realmente posee un esmoquin".

"¿Qué tipo de vestido elegiste? ¿Cómo sabes siquiera que encajará? Tengo tantas preguntas".

"No te preocupes por los detalles, cariño. Sólo déjame llevarte a una cita".

Veo el rubor deslizarse por sus mejillas de nuevo mientras mete la barbilla tímidamente y asiente. "¿Por qué no me dices a qué te dedicas?" dice, señalando el banco de computadoras frente a mí.

"Un poco de todo." Tomo su mano y la llevo a mi asiento, pero antes de que pueda alejarse, la acomodo en mi regazo. "Este es el programa de sonido que estamos ejecutando para asegurarnos de que la acústica sea perfecta".

"¿Qué es este lugar?" Ella mira hacia abajo, por encima del costado del palco, hacia todos los asientos de abajo.

"Era un antiguo salón de música. El barrio lo va a utilizar para eventos. Creo que en algún momento proyectaron películas antiguas aquí". Observo su rostro mientras estudia el edificio y luego todo lo que está frente a nosotros.

"Es tan hermoso. El teatro me recuerda a la película Annie".

"¿En realidad? ¿Te gustó ese cuando eras niño?

Sus ojos se iluminan y asiente. "Era mi favorito. Me encantó que estuviera en un mal lugar en el orfanato, pero eso no detuvo su espíritu. Luego terminó con padres que la amaban". Hay tristeza en sus ojos y me sorprende cómo me duele el corazón por ella. Quiero preguntarle más, pero ella niega con la cabeza y sonríe. "Debo haberlo visto mil veces. La parte en la que van al cine fue mi favorita. Este teatro se ve así. ¿Tendrán películas aquí?

"Creo que sí", digo mientras paso mi mano por su hombro y por su espalda. No puedo quitarle las manos de encima. "Tendré que preguntar sobre el calendario de eventos. Podemos regresar y observarlos".

"Eso suena muy bien". Ella juega con el cuello de mi camisa y parece que ninguno de los dos puede concentrarse en este momento.

"¿Te puedo llevar a casa?" Mi voz es baja mientras me inclino más cerca de ella. Incluso con ella sentada en mi regazo me alzo sobre ella. "Puedes ver el vestido que recogiste y puedo prepararte la cena".

"No me amenaces con pasar un buen rato", dice, y esta vez es su turno de acercarse y presionar sus labios contra los míos.

Ella es atrevida con su beso y la abrazo fuerte contra mí mientras ella me respira. Su cuerpo se moldea contra el mío y mi gran mano en su trasero aprieta con fuerza. Dios, quiero hundirme en ella y descubrir lo apretada que está. Me imagino que su coño tiene rizos rubios y está apretado como un puño. La idea de follarla fuerte mientras ella se aferra a mí hace que me haga cargo de nuestro beso. Exijo su atención mientras la respiro dentro de mí y trato de forjar nuestros cuerpos juntos.

No sé cuánto tiempo nos besamos, pero cuando ella se ríe y me abraza fuerte, sé que ha pasado más tiempo de lo que ambos nos damos cuenta.

"Vamos, o estaré aquí contigo toda la noche", le digo mientras me levanto.

Cuando ella se da vuelta, trato de ajustar mi polla, pero es tan grande y dura que no tengo adónde ir. Ella se da vuelta justo cuando estoy tratando de descubrir qué hacer con mi monstruo y se tapa la boca con las manos.

"No tengo nada que decir, aparte de que me gusta mucho besarte". Su cara está tan roja como una boca de riego cuando la acerco a mí. Me acerco y mantengo mis palabras en voz baja. "¿Has tenido un hombre entre tus piernas, cariño?" Cuando ella niega con la cabeza, presiono mis labios contra su corazón. "No te preocupes, te haré mujer".

Su cuerpo tiembla y jadea cuando mis manos se mueven hacia su trasero y la sostengo fuerte contra mi polla. Puedo sentirme gruñir en lo bajo de mi pecho antes de soltarme de mala gana y tomar su mano mientras salimos del teatro.

"Nunca nadie me había hablado de esa manera", dice una vez que estamos afuera.

"¿Te gusta?" Beso el dorso de su mano mientras caminamos hacia su auto.

"Sí." Ella lo admite como si no quisiera y ahora es mi turno de intentar ocultar mi sonrisa.

Le abro la puerta del conductor y ella entra. Cuando doy la vuelta al otro lado y entro, ella me mira con curiosidad.

"¿Qué?" Pongo mi mano sobre el respaldo de la silla y espero.

"No te pareces a ningún hombre que haya conocido". Pone el motor en marcha y luego me mira de nuevo. "Y no puedo decidir qué hacer al respecto".

"No tenemos que tomar una decisión esta noche", digo mientras me inclino y beso su cuello. "Pero no voy al revés. Podemos ir tan lento como quieras, pero no hay vuelta atrás.

Ella piensa por un segundo y luego asiente antes de conducir hacia mi casa.

Capítulo 9

martina

"¡Estás mintiendo!" yo chillo comoDodley me hace cosquillas en el sofá.

"Es cierto." Se recuesta y me quedo sin aliento de tanto reírme.

"No lo creo ni por un segundo". Mis dedos se mueven debajo de sus brazos, luego a su cintura y pasando por su prominente erección hasta la parte posterior de sus piernas. "¿En serio no tienes cosquillas en ninguna parte?"

"Es algo bueno porque eres lo suficientemente cosquilloso para los dos". Apenas toca mi cintura y me doblo de risa.

"Es solo..." Respiro, pero luego me dejo caer en el sofá mientras él se mueve encima de mí. "Es sólo porque sé que lo vas a hacer".

Su peso se siente bien y abro las piernas para poder acunarlo entre ellas. Está sonriendo, pero sus ojos están hambrientos y siento esa gruesa cresta que tiene en sus jeans contra mi punto dulce.

Regresamos y él me preparó la cena. Luego se negó a mostrarme el vestido que quiere que use mañana. Seguí diciendo que debería probármelo en caso de que no me quedara, pero él dijo que eso no sucedería. Estaba tan confiado y engreído que me hizo besarlo y luego terminamos besándonos durante una hora. Luego nos mudamos al sofá y hemos estado hablando durante horas entre besos y él follándome en seco. No puedo decir que no me guste cómo ha avanzado la noche.

Me empuja como lo haría si estuviéramos haciendo el amor y yo gimo. ¿Cómo es tan perfecto? ¿Actuaría de esta manera si supiera la verdad? Estos pensamientos fluyen por mi cabeza, pero decido ignorarlos porque se siente demasiado bien.

"Háblame de esta cicatriz", dice cuando me levanta la camisa y ve la pequeña línea debajo de mi sostén.

Le dejo empujar sus dedos debajo de mi sostén hasta que encuentran mi pezón duro. Hay un pellizco y casi me levanto del sofá cuando él empuja mi sostén hasta el final para revelar mi pecho.

"En la escuela secundaria, un juego de lacrosse", respiro mientras él se inclina y traza la forma de mi pezón con su lengua.

Agarro el sofá cuando lo chupa con la boca y su mano encuentra mi otro seno. Cuando su boca cubre eso, muevo mis manos entre mis piernas y hacia el cinturón de sus jeans. Busco a tientas la hebilla antes de desabrocharlos, pero él no me detiene. Esto es más lejos de lo que hemos llegado antes. Los besos y las caricias sobre la ropa sólo podían durar un tiempo.

Cuando mi palma envuelve su sustancial circunferencia, mis ojos se abren de golpe. Querido Dios, es enorme, pero en lugar de tener miedo, mi sexo se contrae. ¿Cómo se sentirá esto dentro de mí? ¿Es así como me va a convertir en mujer? Porque estoy bastante segura de que esto me dejará embarazada si no bajamos el ritmo.

"Cuidado", dice mientras lame mi pezón.

Me doy cuenta de que lo estoy agarrando con fuerza y lo aflojo mientras muevo mi mano hacia arriba y hacia abajo. Me sorprendo cuando continúa y trago audiblemente. Miro hacia abajo para asegurarme de no tener su muslo en mi mano por error. Cuando mis ojos se posan en la gruesa cabeza rojiza de su polla, casi me desmayo. Bueno, nunca me irá por el culo, eso es seguro.

Como si sintiera mi aprensión, Dodley Besa mi vientre y siento sus dedos en la cintura de mis jeans. "Déjame besarte un poco y ver si podemos hacerlo encajar".

Oh mierda, ¿esto realmente está pasando?

Sus manos son fuertes mientras quitan la mezclilla de mis caderas junto con mis bragas. Mi camisa está levantada y estoy desnuda de cintura para abajo mientras él se arrodilla en el suelo entre mis muslos.

"Tan bonita y rosada como pensé que serías", dice, arrastrando sus nudillos por mis labios y sobre mi clítoris.

"Dodley." Digo su nombre como una maldición mientras me siento y trato de cerrar las piernas.

"Así es, cariño", dice, mirándome a los ojos.

No rompe el contacto mientras se inclina y me besa suavemente en mi coño mientras sus ojos permanecen en los míos. Lo hace mucho más íntimo y real que cualquier cosa que haya imaginado y no puedo apartar la mirada. La sensación de su lengua contra mí es deliciosa y oscura. Extiendo la mano y paso mis dedos por su cabello y él cierra los ojos como si saboreara su postre favorito. ¿Cómo podré funcionar después de saber lo bien que se siente? ¿Caminaré todo el día deseando que me lama entre las piernas? Porque ahora mismo no quiero que esto termine nunca.

Siento que me acerco a un clímax, pero no se parece a nada que me haya dado jamás. Normalmente me apresuro hasta el final y no me tomo mi tiempo, pero esto no quiero que termine. Como si lo sintiera, reduce la velocidad y me lame a un ritmo perezoso. Siento su lengua hundirse más abajo y dentro de mí y gimo tan fuerte que debería avergonzarme.

Nunca volveré a mirar su boca de la misma manera y desearía poder chuparle la polla de alguna manera al mismo tiempo. Pero para ser honesto, probablemente terminaría poniendo su polla en mi cara mientras me come. Esto es tan bueno que ni siquiera sé mi nombre ahora mismo y tampoco me importa.

Cuando empiezo a quejarme, él regresa a mi clítoris y esta vez no es fácil conmigo. Siento dos dedos metidos en mi coño justo cuando grito su nombre. El clímax me golpea rápidamente y no estoy preparado para ello mientras me hago añicos. Es un fuego caliente que corre por mis venas y sólo puedo imaginar que así es como se sienten las drogas.

"Dodley", murmuro mientras él me quita lo último de mi orgasmo y me lame hasta dejarlo limpio. Tengo una sonrisa pegada a mi cara mientras él se mueve entre mis piernas y siento el calor de su polla sobre mí.

No empuja contra mí como quiere. En lugar de eso, se desliza a través de mis pliegues húmedos, dejándome sentir su tamaño.

"Eres la mujer más hermosa que he visto en mi vida", dice mientras se acuesta encima de mí nuevamente y me mira a los ojos. "Ven a la cama conmigo. Quiero abrazarte mientras duermes".

"Qué pasa...?" Muevo mis caderas y siento su dura longitud para enfatizar mi punto.

Él toma aire y sacude la cabeza. "Ven a la cama. Podemos resolverlo más tarde".

Me levanta del sofá y me lleva a sus brazos, pero cuando comienza a caminar escucho mi teléfono en la sala de estar. Estaba metido en la parte trasera de mis jeans y los dejamos allí. Escucho el tono de llamada que tengo para Cara y maldigo, recordando que olvidé pasar por el apartamento y dejarle algo de dinero en efectivo.

No voy a darle todo lo que hice, pero necesitará algo que me la quite de encima. Pienso por un segundo en contestar cuando termine la llamada. Pero, para mi sorpresa, vuelve a sonar enseguida yDodley pausas.

"¿Necesitas conseguir eso?" Sus cejas se juntan con preocupación cuando asiento.

Es tarde, pero Dios sabe lo que hará si no respondo. Él asiente y me baja y corro para levantar mi teléfono del suelo. Me meto y presiono responder antes de que pueda apagarse nuevamente.

"¿Hola?" -digo casi sin aliento.

"¿Quieres explicarme qué carajo está haciendo mi auto estacionado aquí y no te encuentran por ningún lado?"

Capítulo 10

martina

"Ya voy", le digo a Cara y finalizo la llamada. Cuando miro hacia arribaDodley, sus cejas están fruncidas con una mezcla de preocupación y enojo. "Compañero de cuarto", respondo, y espero que sea una explicación suficiente por ahora. "Tengo que ir."

Me agarro los pantalones, peroDodley los arranca de mis manos. "No irás a ninguna parte".

Su tono es firme. Yo tampoco quiero ir, pero no tengo otra opción. Quiero gritar de frustración, pero mantengo las palabras encerradas detrás de mis labios. Están hinchados por sus besos porque no estoy acostumbrada a la atención. Los lamo ante la idea de besarlo de nuevo y sus ojos azules siguen el movimiento. Se lame los labios y me imagino que puede saborearme.

"No irás a ninguna parte", repite.

"Tengo que devolverle el coche. Es de ella", lo admito, pero estoy bastante seguro de que escuchó esa información cuando Cara gritó a través de mi teléfono.

Está teniendo una rabieta y quién sabe qué hará si no salgo a verla. Lo último que necesito es que ella provoque una escena delante de mí.DodleyEl edificio. Podrían llamar a la policía y eso es todo lo que necesito: mi nombre apareció en Internet una vez más. Terminaría arrastrando conmigo al hombre que me dio las mejores veinticuatro horas de mi vida y no puedo hacerle eso.

"Ella puede recuperar su auto". Sus ojos brillan con algo nuevo que nunca antes había visto en él.

Parece que se está preparando para una pelea que sabe que va a ganar. Esto no debería entusiasmarme y trato de apartarlo. Pongo mis manos en mis caderas e ignoro que estoy desnuda de cintura para abajo.DodleySus ojos van justo entre mis piernas y tengo que luchar para quedarme quieta.

"Así que no siempre eres dulce y encantadora". Estoy enojado, pero no con él. Estoy enojado con toda la situación. Pasé el mejor momento de mi vida hace apenas unos minutos y ahora lo voy a perder todo.

Extiendo la mano para quitarle los jeans, pero es más rápido. Su gran mano rodea mi muñeca mientras me atrae hacia su cálido cuerpo. Tropiezo con mis propios pies, pero no caigo al suelo. Me atrae hacia él y me envuelve con fuerza en sus brazos. Me hace saber sin palabras que no iré a ninguna parte y me recuerda lo que cruzó por sus ojos hace unos momentos. Su dominio no puede equivocarse y, aunque quizá no lo haya visto antes, siempre ha estado ahí, acechando bajo la superficie.

"Cuidado, cariño". Su voz es suave y me derrito contra él. "Te acompañaré para darle las llaves. Entonces podrá largarse de aquí.

"Puedo ir solo". Quizás pueda disfrutar esto por un poco más. Quién sabe con quién me encontraré mañana, pero podría pasar esta noche en su cama. Tal vez pueda ver más de quién soy realmente y que no me parezco en nada a mis padres. Una parte de mí sabe que a él no le importará, pero la chica asustada que hay dentro de mí y que una vez lo perdió todo no puede aferrarse a ese tipo de esperanza.

Él gruñe y luego sacude la cabeza. "¿Después de la forma en que la oí hablar contigo? No lo creo. Me besa antes de que pueda responder y lo agarro con todo lo que me queda porque este podría ser nuestro último beso.

"Si no dejas de hacer eso, no iremos a ninguna parte".

Por muy tentador que sea, sé que de una forma u otra tendremos que hacerlo porque Cara hará una escena. Como si fuera una señal, mi teléfono suena de nuevo yDodley maldiciones. Me suelta y contesta el teléfono. Mi boca se abre cuando lo hace.

"Estamos en camino hacia abajo". No espera respuesta, finaliza la llamada y arroja mi teléfono móvil sobre una silla.

"No puedo creer que le hayas dicho eso". No estoy enojado porque lo hizo. Estoy sorprendido. Siempre es tan encantador y dulce, pero me gusta este lado de él.

"Ella le habló a mi mujer de esa manera, yo le hablaré de esa manera".

"Eso no debería excitarme", murmuro para mis adentros, sacudiendo la cabeza. Cuando escucho su risa profunda, lo miro. "¿Qué te ríes?"

"Ponte los pantalones para que podamos bajar y terminar con esto de una vez. Te quiero en mi cama." Me entrega mis pantalones y me los pongo mientras él se arregla la ropa.

"Eres mandón", le digo mientras me pongo los zapatos.

"Tengo mis momentos." Él se encoge de hombros. "Cuando me presionan, no retrocedo. Si alguien es amable conmigo, yo seré amable con él. No tengo que ser un idiota en la vida para conseguir lo que quiero. Preferiría ser amable, pero como puedes ver, algunas personas no lo entienden y hay que tratarlas en consecuencia. Quizás aprendan una lección en el proceso".

Me gusta su lógica. Más de una vez quise regañar a Cara, pero no podía permitirme ese lujo. Puede que no sólo lo esté perdiendo esta noche, sino que también pierdo el sofá en el que me he estado durmiendo. sonrío aDodley porque no me importa que me haya costado mi casa. Él me defendió y no recuerdo un momento en el que alguien haya hecho eso.

"No fui muy amable cuando nos conocimos", le recuerdo mientras me levanto y él me tiende un abrigo.

"Eres la excepción a la regla".

Sus palabras hacen que mi corazón se acelere. "Quiero que sepas que mi tiempo contigo ha sido maravilloso. No estoy seguro de que sepas lo que significó para mí que me trataran con tanta amabilidad". Le digo eso porque quiero que lo sepa en caso de que esto vaya realmente mal.

"Haces que parezca que la gente es mala contigo". Busca mi cara como si pudiera encontrar algo allí.

"Está bien, simplemente..." Intento ignorarlo, pero él no lo permite.

"No está bien y, sea lo que sea, no volverá a suceder. Puede que no estés lista para contarme todos tus secretos, pero hasta que los obtenga, te prometo que nadie te tratará como menos que a una reina. No les gustará lo que pase si descubro que no está sucediendo". Agarra mi mano y entrelaza sus dedos con los míos mientras subimos al ascensor.

No sabía que esto podría volverse más difícil, pero en los últimos minutosDodley Ha destrozado todos mis muros. Creo que me estoy enamorando de él y no sé si es su bondad o su fuerza pero le estoy entregando mi corazón.

Me acerca más a él y besa la parte superior de mi cabeza mientras las puertas del ascensor se abren hacia el vestíbulo. No camino unos metros cuando la oigo a lo lejos.

"Lo siento mucho", le digo.Dodley cuando Cara aparece a la vista. Su cabeza se gira hacia nosotros y sus ojos se abren con sorpresa cuando ve con quién estoy parado. Por la expresión de su cara sabe quiénDodley es. Al mismo tiempo, su control sobre mí se intensifica.

"Dodley?" Los ojos de Cara saltan entre él y yo.

"¿Tu compañera de cuarto es Cara Rich? Jesús." Él dice algunas palabras más en voz baja y por su tono queda claro que no es un fan suyo.

"Cara", dice en tono desdeñoso con un toque de advertencia.

"¿Eras tú quien habló por teléfono?" Sus manos van a sus caderas. No puedo decir si está a punto de explotar o si lo está encerrando. Sus estados de ánimo son como un interruptor de luz, se encienden y apagan muy rápido.

"No me gusta que llames a mi chica y le hables así".

Dodley Mete la mano en su bolsillo y saca las llaves que olvidé por completo bajar. Se los arroja al hombre que está junto a Cara y que yo no había notado antes. Coge las llaves y luego me mira y conozco su mirada. Él me reconoce y está tratando de descubrir quién soy.

"No te presentes en mi casa actuando como un jodido loco. Deja tu desorden en el lado de la ciudad donde te puso tu papá. Mi boca se abre y me quedo sin palabras. Me reiría si pudiera soltarlo por el shock. Aún mejor es la expresión del rostro de Cara.

"¿Qué estás mirando, Suerte?" El hombre quita los ojos de mí y levanta las manos.

"Lo siento, hombre, me parecía familiar". Intenta entregarle las llaves a Cara, pero ella lo ignora. Parece que su cabeza va a explotar en cualquier momento.

"Esto se va a poner mal", le susurro.Dodley, porque Cara puede ser impredecible.

"Estás bromeando, ¿verdad?" Mira alrededor del vestíbulo del edificio y no estoy seguro de qué está buscando. Su cabeza vuelve hacia nosotros como si hubiera encontrado la respuesta. "No pensé que fueras uno de ellos". Ella entrecierra los ojosDodley.

"¿De qué está hablando?" Yo le pregunto.

"¿Quién sabe?"Dodley dice, poniendo los ojos en blanco.

"No te hagas el tonto,Dodley. Ahora estoy viendo a través del acto del buen chico. Eres como mi hermano y el resto de ellos". Ella niega con la cabeza y me mira. "Ten tu pequeño y sucio secreto. Creía que eras más listo que eso."Dodley tensa a mi lado. "Nunca se calman. Te consumirá y te dejará a un lado como al resto de ellos". Intenta parecer disgustada, pero no me lo creo. "Vamos, Martine, al menos conmigo sabes cuál es tu situación". Ella espera como si yo fuera un perro faldero y espera que vaya hacia ella.DodleySu control sobre mí se hace más fuerte, pero no voy a ir a ninguna parte.

"No sé de qué carajo estás hablando, Cara. Al parecer, la coca se ha comido todas las células cerebrales de tu cabeza porque has perdido la cabeza. Sal de aquí,"Dodley le dice y confirma lo que pensaba sobre su uso de drogas.

"Deja de hablar", le espeta ella, y sus verdaderos colores salen a la luz. "Simplemente eres mejor ocultando lo que eres que el resto de esos imbéciles. Me tomó tanto tiempo darme cuenta porque realmente engañas a todos, ¿no? De hecho creo que eres peor. Al menos con los demás podemos ver lo que viene, pero probablemente la tengas envuelta en ti. Ya ha pasado por bastante mierda". Cara lo dice como si se preocupara por mí.

Cara ha pasado por una tormenta de mierda con chicos y debe asumir queDodley Es como los chicos que corren en su círculo. A los chicos les gusta su hermano, Lance. Quizás sea ingenuo, pero no creo ni una palabra. Cara también es una usuaria, y aunque no quiera follarme, quiere cosas de mí.

"No hables así de él. Es un buen hombre, Cara. Te di tus llaves y creo que deberías irte", le digo y rezo para que me escuche.Dodley No merece sus acusaciones.

Ella va a abrir la boca, peroDodley la interrumpe. "No soy estúpida, Cara, y tus juegos no funcionarán aquí. No sé por qué quieres tanto a Martine, pero eso no está sucediendo. Toma el juego de estafa que probablemente aprendiste de tu padre y lárgate de mi edificio. No lo volveré a decir".

"Que te jodan". Ella pisa fuerte y casi se cae cuando lo hace con sus tacones de cinco pulgadas. "Mi padre no es el estafador", se ríe. "Dame un maldito descanso,Dodley. Le estás dando tu polla a la hija del mayor estafador de esta ciudad.

Dejé escapar un pequeño grito ahogado, incapaz de contenerme. "Martine Nicklas", dice el hombre al lado de Cara, calculando quién soy e informándomeDodley al mismo tiempo.

"Método."Dodley Levanta la mano y es entonces cuando noto que el portero vestido de negro alcanza el teléfono.

"Me voy, no hay necesidad de llamar a la policía", corta mientras el hombre me mira. "Saca tu mierda de mi casa".

"Con mucho gusto,"Dodley respuestas para mi. "Tendré a alguien allí a primera hora de la mañana". Él dice, y eso la enoja. Ella agarra las llaves y se marcha pisando fuerte, peroDodley dice su nombre y ella se da vuelta. "Dile a tu hermano que se mantenga alejado de mi chica. Prometo que a tu familia no le gustarán las consecuencias si las cosas no salen como quiero". A ella no parece importarle su amenaza y le señala con el dedo mientras se aleja.

Dodley Mira al chico que todavía está de pie en el vestíbulo. "¿Cara estuvo aquí esta noche porque estaba contigo?"

"No me insultes con esa mierda porque estás enojado y no estaba mirando a tu chica". El hombre niega con la cabeza mientras se acerca a un grupo de ascensores y entra.

"Lo siento, Allen"Dodley le dice al portero.

"No hay ningún problema, señor", dice.

"No quiero que ningún miembro de la familia Rich entre en este edificio. No me importa a quién vengan a ver".

"Se lo haré saber a los demás".

"Gracias. Que tengas una buena noche", le dice al hombre antes de guiarme de regreso a su ascensor privado.

"Quizás necesite una ducha después de lidiar con esa bruja. Se parece a su madre, pero actúa como su padre. Todos son consumidores y no me refiero sólo a las drogas". Me atrae hacia él mientras presiona su nariz en la parte superior de mi cabeza y me respira.

"Di algo sobre lo que descubriste. Sobre quién soy —susurro. Las puertas del ascensor se abren, pero no nos movemos cuando su mano llega a mi barbilla. Me hace mirarlo para no poder esconderme ni un segundo.

"No me importa", me dice simplemente.

"Ella estaba tan equivocada contigo. Odio que ella...

"Cariño, no dejes que sus palabras te toquen, porque no significan nada para mí".

El peso del mundo se quita de mis hombros mientras él me abraza. Antes de darme cuenta de lo que está pasando, estoy en sus brazos y él me saca del ascensor y me lleva de regreso a su casa. Entierro mi cara en su cuello y es mi turno de respirarlo. Unos momentos después, mi espalda golpea su cama y él cae sobre mí. Mi dulce y encantador hombre ha vuelto y levanto la mano y le toco la cara, queriendo asegurarme de que es real.

"¿Lo estás entendiendo ahora?" Pregunta antes de besarme profundamente y comenzar a desnudarme. "No me importa nada de esa mierda. Me importa lo que hay aquí". Coloca su palma sobre mi corazón.

"Eres un buen hombre,Dodley. Debería haber sabido que no te importaría. Simplemente me asusté", admito. "Tengo mucho miedo de volver a perderlo todo. No dejo que nadie se acerque porque no quiero perderlos o ver que no les importa cuando me pierden". En este momento veo que perder a mis padres me dolió más de lo que jamás me había admitido.

"Ya estoy cerca, cariño". Se inclina y roza su boca contra la mía. "De ninguna manera soy tan estúpido como para dejarte ir, y cualquiera que lo hizo no era digno de ti". Mis ojos comienzan a llorar ante sus dulces palabras.

"Nada de eso", me dice mientras me da su sonrisa perfecta. "Déjame mostrarte lo digno que soy de tenerte". Se desliza por mi cuerpo y me besa entre las piernas hasta que me exprime hasta el último gramo de placer y me quedo dormido.

Capítulo 11

Dodley

La miro dormir porque no quiero perderme ni un momento con ella. Ella está de lado y las luces están apagadas, pero dejé la puerta del baño entreabierta para poder verla aún. El suave resplandor ilumina su silueta y memorizo cada curva de su cuerpo.

Está completamente desnuda y le quitaron las mantas. Después de que me deleité con ella, ella se acurrucó y no se ha movido desde entonces. Paso mis dedos desde su hombro hasta su cadera, de un lado a otro mientras ella tararea adormilada.

Todo lo que ha pasado en los últimos meses tuvo que haber sido un infierno. Busqué a su familia y vi lo que habían hecho, pero eso no me alejó de ella. Cuanto más leo, más me dan ganas de protegerla porque está claro que nadie más lo ha hecho jamás. No siento pena por ella, porque está aquí a pesar de que las probabilidades están en su contra. Probablemente sea la persona más fuerte que conozco y todo lo que quiero hacer es estar a su lado.

Qué rápido mi vida ha dado un vuelco y he visto la nueva perspectiva frente a mí. Nunca pensé en el amor a primera vista o en que alguien podría cautivarme tanto con una sola palabra. Pero desde que me subí a la parte trasera del auto de Martine, eso es exactamente lo que ha estado sucediendo. Cada vez que ella sonríe, ríe o incluso me toca, me enamoro completa y perdidamente de ella.

"Eres especial. Nunca dejes de creer eso". Susurro la cita de Annie y pienso en ella cuando era una niña pequeña viendo esa película.

Apuesto a que deseaba que alguien viniera a rescatarla. Es una pena que me haya llevado tanto tiempo encontrarla.

Inclinándome hacia adelante, presiono mis labios contra su hombro y la acerco. Ella se acurruca contra mi pecho y cierro los ojos, jurando que seré yo quien la amará por el resto de su vida. Estoy contento por primera vez en mi vida y no siento que estoy corriendo de un trabajo a otro. Tal vez todo haya conducido a encontrar a Martine, por lo que este es mi trabajo ahora.

Sale el sol y no me he dormido, pero me siento más descansado que en mucho tiempo. Ella se estira y observo cómo comienza a darse la vuelta pero luego se despierta sobresaltada. Tengo que contener la risa cuando ella se sienta y mira a su alrededor con el pelo despeinado y una mirada salvaje en los ojos. Luego se da cuenta de que está en la cama conmigo y sonríe mientras se deja caer sobre la almohada.

"Pensé que me iba a caer del sofá", dice mientras se cubre la cara con las manos. Ella comienza a reír y el movimiento hace que sus pechos se muevan y por supuesto ahora quiero chuparle los pezones.

Me inclino hacia adelante y froto mi nariz contra el pico apretado, y su risa se convierte en un gemido. Paso mi lengua por los bordes y luego la provoco con los dientes. Mi polla está dura y exigente contra mis calzoncillos, pero me las arreglé para ignorarla durante la mayor parte de la noche. No confiaba en mí mismo para dormir desnudo con ella, pero ahora no estoy tan seguro de cuánto tiempo más podré aguantar.

"¿Tienes idea de lo hermosa que eres?"

Me muevo hacia su otro pecho y me doy un festín con ella antes de darle la vuelta y colocarme encima de ella. Sus piernas se abren y yo me acomodo entre ellas, meciéndome contra ella.

"Tal vez deberías quitártelos", dice mientras sus dedos van a la cintura de mi ropa interior.

Dejo de respirar cuando ella mete la mano dentro y envuelve sus dedos alrededor de mi longitud. Apoyo mi frente contra la de ella cuando ella comienza a mover su mano hacia arriba y hacia abajo.

"Si sigues haciendo eso, no podré parar".

"No quiero que lo hagas".

La miro a los ojos y puedo ver una necesidad tan profunda como la mía. Mientras ella me baja la ropa interior y me saca la polla, no puedo hacer nada ante lo que quiere. Frota la punta hinchada a través de sus pliegues húmedos y siento como si cada terminación nerviosa de mi cuerpo se concentrara en ese único punto.

"Después de lo que hiciste por mí anoche, cuando me defendiste". Ella niega con la cabeza. "Eso significó más para mí de lo que jamás imaginarás".

Me acerco mientras me hundo en ella una pulgada y siento el calor de su coño envolverme. "Me he enamorado de ti, Martine Nicklas". Ella jadea mientras me deslizo más dentro de ella y sus apretadas paredes se aprietan. "Después de esto no hay vuelta atrás. Ya terminé contigo y no te dejaré ir".

"¡Más!" grita, levantando las caderas para encontrarme.

Me hundo dentro de ella hasta la base de mi polla. Está increíblemente apretada hasta la raíz y aprieto los dientes para intentar mantenerme unida. Está más caliente y apretada que cualquier cosa que haya sentido antes y no quiero apresurarme.

"Soy tuyo, Dodley", dice mientras me mira con ojos pesados y llenos de deseo.

Maldigo. Sus palabras son mi perdición y salgo lentamente antes de volver a entrar. Ella grita, pero no puedo detenerme mientras trato de besarla suavemente mientras la golpeo. Le susurro palabras de aliento y le digo lo hermosa y perfecta que es. No puedo controlar mis embestidas y son desiguales y pesadas. Mi único pensamiento es entrar en ella lo más profundo posible y cubrir su cuerpo con mi semen. El gran peso de mis bolas golpea su trasero y exigen liberación.

"Mía, mía, mía", canto, sosteniendo sus muñecas contra el colchón y tomándola como si fuera mi dueño.

Una capa de sudor cubre mi cuerpo mientras me muevo encima de ella. Ella me rodea con sus piernas y su coño me aprieta más a medida que se acerca a su clímax.

"No voy a salir", digo mientras me mantengo profundamente dentro de ella. "Yo me ocuparé de ti."

Me muevo contra su coño sin sacarlo y mi polla palpita dentro de ella. Ella pulsa a mi alrededor y froto su clítoris. Es suficiente para enviarme al límite. El primer chorro de esperma caliente dentro de ella y ella grita su clímax. Nos abrazamos mientras encontramos juntos la línea de meta y la beso suavemente mientras ella baja de su cima.

Está sucio y ambos somos un desastre. Siento que mi semen se escapa de ella y baja por su culo. Le sonrío mientras me inclino hacia atrás y la miro a los ojos. Ella realmente es la mujer más hermosa que jamás haya visto.

"Date una ducha conmigo", le digo y froto mi nariz contra la de ella, pensando que la vida no podría ser más perfecta. ¿Cómo he estado viviendo sin ella todo este tiempo?

"Te gusta darme órdenes". Sus dedos juegan con el pelo de mi pecho y sonrío.

"Te gusta." La levanto en mis brazos y la levanto de la cama mientras ella se ríe.

"Tal vez sólo un poco", dice, y nos acompaño a la ducha.

Capítulo 12

martina

No puedes quedar embarazada en la ducha, ¿verdad? Ese es el pensamiento que tengo mientras me pongo la lencería que está sobre la cama para mí.

Dodley Me ha dejado aquí todo el día mientras un equipo de personas venían a ponerme guapa. Me lavaron el cuerpo a pesar de que él ya hizo un trabajo minucioso antes, luego me pulieron y pulieron a una pulgada de mi vida. Miro mis uñas perfectas que son de un suave color gris y veo que combinan con la ropa interior que se supone que debo usar esta noche. Estoy seguro de que esto no es una coincidencia.

Mi sexo se contrae cuando pienso enDodley sosteniéndome contra la pared de la ducha mientras él me golpeaba. Se corrió dos veces antes de dejarme en el suelo y luego me lamió entre las piernas porque quería ver a qué sabíamos juntos. En un momento me metió un dedo en el culo y pensé que me iba a romper en un millón de pedazos. No puedo creer que fuera tan inocente hace sólo un día. Nunca pensé que el sexo pudiera ser así y, por lo que me dijeron mis amigos en la escuela secundaria, debieron haberlo estado haciendo mal. La primera vez ni siquiera me dolió mucho, y después no fue más que éxtasis.

Se oye un suave golpe en la puerta del dormitorio y escucho a una de las asistentes, Luna, preguntar si todo está bien.

"Sólo un segundo", digo mientras me pongo el sujetador, las bragas y las ligas a juego y me pongo. Esto parece un montón de cosas queDodley Tendrá que despegarme más tarde. La idea me marea de lujuria y anhelo que él me llene de nuevo. Llenó un vacío que yo no sabía que estaba allí.

Una vez que tengo todo puesto, abro la puerta y Luna entra con una bolsa de ropa en alto. este es el vestidoDodley No me dejó probármelo y ahora estoy emocionado de verlo. Lo cuelga en la puerta del armario y abre la cremallera. Saca el vestido y me sorprende lo hermoso que es. Es un encaje de arriba a abajo de un color ciruela intenso y no puedo esperar para probármelo.

Me paro frente al espejo mientras entro y Luna me ayuda con los botones. Tiene mangas largas que están ajustadas hasta abajo y la parte delantera cae entre mis pechos. La espalda es la misma y hay un pequeño broche en la parte posterior de mi cuello que mantiene unido el delicado material. El vestido me abraza hasta los pies, donde cae en cascada al suelo. Por la forma en que está hecho el vestido, todo parece transparente y el encaje está colocado estratégicamente en los lugares correctos.

"Dodley va a morir", digo mientras me giro de un lado a otro en el espejo y me admiro.

Mi cabello rubio está suelto con solo un lado de mi cabello recogido hacia atrás. Mi piel brilla y nunca me he visto más hermosa. Quiero llorar.

"No hagas eso. Estropearás el maquillaje", dice Luna mientras trae un pañuelo de papel. "Te ves..."

"Asombroso,"Dodley Termina por ella y me doy vuelta para verlo en la puerta. "Gracias, Luna, creo que puedo encargarme desde aquí".

Miro hacia abajo y veo que sostiene un par de tacones y le sonrío. Le doy a Luna un rápido abrazo de despedida y le agradezco su ayuda.Dodley cierra la puerta tras ella.

"Tal vez deberías quedarte en ese lado de la habitación", le digo cuando se acerca a mí. Me da una sonrisa malvada y le extiendo la mano. "Lo digo en serio. Este es el mejor aspecto que he visto en mi vida y quiero disfrutarlo cinco minutos más".

"¿Eso es todo?" Dice mientras se acerca y me besa en la piel desnuda de mi cuello. "Creo que se me ocurre algo que hacer mientras tanto".

Presiona su cuerpo contra el mío y su dura polla me moja al instante. Ha roto las compuertas, porque aparentemente ahora estoy excitado todo el tiempo. Antes me interesaba el sexo, pero nunca hubo una oportunidad para ello. Ahora que me he entregado aDodley Lo único que quiero hacer es volver a la cama.

"Deja de mirarme así. Uno de nosotros tiene que tener algo de autocontrol".

"No", digo rápidamente, y él se ríe y sacude la cabeza.

"Ven aquí y déjame ayudarte". Toma mi mano y me lleva a la cama donde me siento en el borde y él se arrodilla frente a mí.

Toma un pie, se pone mi zapato y luego lo abrocha antes de pasar al siguiente. Es muy dulce y personal y me encanta cómo me sonríe cuando termina. Me inclino y lo beso suavemente en los labios, con cuidado de no mancharlo con el lápiz labial color ciruela oscuro.

"No sé si voy a sobrevivir esta noche". Se levanta y me atrae hacia él mientras me mira en el espejo. Su dedo recorre mi espalda desnuda hasta mi trasero, que agarra. "Me voy a volver loco si la gente te mira".

"Estoy seguro de que habrá mucha gente allí. Me integraré". Al menos eso espero. Estoy ansioso por la posibilidad de encontrarme con personas de mi pasado y causarles problemas.Dodley.

Toma mi barbilla y me hace mirarlo. "Nunca podrías pasar desapercibido, pero especialmente no con este vestido. Ahora deja de preocuparte por lo que está por venir. Estás en mi brazo esta noche y lo único de lo que debes preocuparte es si te duelen los pies".

Él siempre tiene la capacidad de leerme muy bien y, si bien puede resultar irritante, es una especie de bendición. Me gusta no poder esconderme de él y él ya está listo para hacerme sentir lo mejor posible.

Le aliso la solapa de su esmoquin y le enderezo la pajarita. "¿Mencioné que te ves endiabladamente guapo?" Pregunto, y me encanta su sonrisa arrogante.

"Estoy aquí para ser tu dulce brazo esta noche", dice y extiende su mano para que la tome. Sacudo la cabeza y pongo los ojos en blanco mientras salimos de la habitación.

Es muy fácil ser feliz con él. Es juguetón y relajado y me he enamorado completamente de él. Sé que es pronto, pero he vivido mi vida al otro lado de esta moneda y ya no doy nada por sentado. Estoy aprovechando mi momento y estando conDodley De eso están hechos los sueños. No importa lo que suceda esta noche o en nuestro futuro, lo resolveremos. Siento su fuerza a mi lado y sé que no irá a ninguna parte.

El viaje al music hall es rápido, pero es agradable estar en el asiento trasero con él. De esta manera no tengo que conducir y pensar hacia dónde vamos. puedo mirarDodley mientras me cuenta emocionado sobre su trabajo y este proyecto que significa tanto para él.

Cuando llegamos al evento, hay paparazzi afuera con una alfombra roja. Me pongo nervioso al instante, peroDodley Toma mi mano y caminamos por ella sin parar. Saluda a algunas personas y puedo oír las cámaras dispararse, pero no les presta atención. Intento aprovechar su fuerza en lugar de concentrarme en mi ansiedad y respiro profundamente una vez que estamos dentro.

"Vamos a traerte una copa de champán", dice cuando pasa un camarero con una bandeja.Dodley Agarra dos de ellos y me pasa uno.

"Ahí estás, y veo que has traído esta impresionante belleza contigo", dice Simon, acercándose y tomando mi mano.

Dodley Inmediatamente quita mi mano de la suya y me río mientras Simon finge estar ofendido. Simon me presenta a su marido y me río cuando Dean se vuelve tan protector con Simon como él.Dodley Es conmigo.

Dodley Me lleva por la sala de conciertos y me muestra todo el trabajo que han realizado. Hay fotografías que muestran el progreso y me sorprende cómo se veía antes.Dodley Es tan apasionado mientras habla y me encuentro haciendo toneladas de preguntas. Esto es algo de lo que nunca había oído hablar y no sabía que fuera posible. Pero de repente estoy mirándolo a travésDodleySus ojos y estoy interesado. Cuando le señalo un par de cosas, parece impresionado de que haya pensado en ello.

"Tienes buen ojo para cosas como esta. Tal vez deberías echarle un vistazo a uno de mis próximos proyectos", dice mientras me acerca a su lado.

El edificio está lleno ahora y algunas personas se acercan para hablar conDodley. Él desempeña el papel de anfitrión, pero no involucra a la gente por mucho tiempo. Tan pronto como tiene una ventana para salir de una conversación, la aprovecha y seguimos adelante. Me sorprende cuando me doy cuenta de que me estoy divirtiendo, pero podrían ser las dos copas de champán haciendo efecto.

"Necesito usar el baño de damas", le susurro.Dodley y trate de alejarse de su lado mientras habla con alguien. Se detiene a mitad de la frase y viene conmigo, y tengo que contener la risa. Ni siquiera vio la expresión del rostro del tipo cuando lo dejó allí parado. "Estoy seguro de que podría haber encontrado mi camino", digo mientras caminamos hacia los pasillos en la parte trasera del teatro.

"Lo sé, pero me gusta estar a tu lado. Soy un dulce para los brazos, ¿recuerdas?

Me da un beso rápido y doy la vuelta a la esquina hacia donde están ubicados los baños. No hay carteles en la puerta y me quedo allí por un segundo sin saber cuál es la de las damas. Decido probar el primero y empujo ligeramente la puerta para abrirla. Cuando lo hago, me lo quitan de la mano y me topo con un hombre que sale.

"Disculpe", tartamudeo, tratando de no caer sobre mis talones.

Mis brazos están agarrados dolorosamente y cuando miro hacia arriba, veo que estoy cara a cara con Lance. El hermano de Cara me mira con el ceño fruncido y una expresión de disgusto en su rostro. Creo que va a soltarme, pero en lugar de eso me acerca más a él. Quiero gritar, pero el pánico me sube a la garganta y no puedo hablar.

"Cara me dijo que jodisteColin Dodley. ¿Es ese el único tipo de polla por la que te abrirás las piernas?

Sus ojos son grandes y sus pupilas del tamaño de monedas de veinticinco centavos. Está sudoroso y con la cara roja, como si hubiera estado corriendo, y su esmoquin está hecho un desastre. La puerta se abre detrás de él y veo salir a un hombre y lo reconozco. Él era uno de los amigos de mis padres y yo jugaba con su hija cuando éramos niños. El reconocimiento aparece en su rostro, pero en lugar de detenerse para ver si estoy bien, acelera para alejarse. Él también conoce a Lance y no quiere involucrarse. quiero gritar porDodley, porque está claro que nadie más vendrá a rescatarme. El miedo me tiene clavado en el lugar y con la boca cerrada con fuerza. Necesito superar el miedo, pero no puedo.

"Siempre fuiste una perra engreída". Me mira de arriba abajo y no le gusta lo que ve. "Mi hermana fue buena contigo y ahora actúas como si fueras mejor que nosotros. No eres más que basura".

"Quita tus malditas manos de ella".

cuando escuchoDodleyEscucho la voz, el alivio me inunda y puedo moverme. Lucho por liberarme del agarre de Lance, pero él sólo me abraza con más fuerza. Un gemido sale de mi garganta yDodley se acerca hasta que está justo detrás de mí. Creo que la razón por la que no ha atacado es porque estoy entre ellos dos y él no puede llegar a Lance sin que yo sea posiblemente un objetivo.

"¿De verdad quieres pelear por esta perra?" Puedo sentir la ira desapareciendoDodley hasta el punto de que está temblando. Lance es mucho más tonto de lo que creía. "Que se joda esta tonta, no lo vale".

Lance me empuja haciaDodley e intenta huir, pero no dejaré que eso suceda.Dodley Me agarra antes de que pueda caer y le doy una patada, haciendo tropezar a Lance y enviándolo de cara al azulejo. Escucho un fuerte estallido y la sangre brota de su nariz donde se plantó de cara.Dodley Me suelta, se acerca a él y lo agarra por el cuello. Jadeo cuando lo arroja contra la pared y luego lo sostiene por el cuello hasta que Lance lo mira.

"Si alguna vez vuelves a pensar en mi mujer, te perseguiré y te arrancaré esa parte del cerebro". Se acerca y aprieta su cuello hasta que Lance comienza a ponerse azul. Escucho a Lance murmurar algunas palabras mientras agarra las manos que sostienen su cuello, peroDodley simplemente le da un rodillazo en las pelotas antes de dejarlo caer al suelo.

Lance hace un sonido de llanto cuandoDodley se para sobre él, desafiándolo a levantarse. yo camino detrásDodley y puse mi mano en su espalda. Se da vuelta para abrazarme.

"¿Estás bien, cariño?" él pide. Luego pide a seguridad que vengan y se lleven a Lance.

"Estoy bien gracias a ti", respondo, inclinándome hacia su calidez. Observo cómo los policías sacan a Lance llorando, quien murmura acerca de demandar.Dodley y cada persona en este lugar.

"Ey,"Dodley dice y me hace mirarlo. "¿Estas listo para ir?"

No llevamos mucho tiempo aquí, pero ya me siento incómodo con la multitud que se está formando cerca. Veo a algunas personas que conozco y me doy cuenta de que ellos también me conocen. Quiero salir corriendo de aquí y esconderme lo más rápido que pueda antes de que pase la vergüenza.Dodley.

"Si, vamos." Agacho la cabeza y voy a alejarme, pero sientoDodley tira de mi brazo. Miro hacia atrás y veo que está mirando a la multitud y a toda la gente susurrando. "¿Por qué no voy? No quiero arruinar tu gran noche". Intento soltar mi mano de la suya, pero su agarre sólo se hace más fuerte.

Dodley pasos hacia el creciente número de personas que me tienen a su lado y no me queda más remedio que seguirlo.

"Buenas tardes a todos. Lo siento por eso, pero Lance Rich y otro miembro de su familia no son bienvenidos en mis edificios ni en mi presencia".Dodley Habla lo suficientemente alto como para que todos lo escuchen y la multitud se queda tan silenciosa que se podría escuchar caer un alfiler. Me acerca a su costado y lleva mi mano a su boca. Pasa sus labios por los nudillos y mi cara arde cuando me doy cuenta de que todos están mirando. "Esta es Martine Nicklas", anuncia, y luego los murmullos de la multitud aumentan. "Sí, ella es la hija de

Nicolás.Nicklas", les dice, respondiendo a la pregunta que sé que todos están susurrando, "pero eso no significa que ella sea la culpable de sus crímenes. Ella está aquí conmigo esta noche y estará a mi lado de ahora en adelante. Si hay algún problema con eso, entonces las señales de salida indican la salida". Su tono es diplomático pero definitivo. Sin disculpas.

Su declaración se siente como fuegos artificiales explotando dentro de mí y mi corazón está listo para estallar de amor y felicidad. Me reclama delante de todos sin importarle lo que piensen.

"Eso es todo lo que voy a decir al respecto, pero si escucho una palabra contra la mujer que amo, perseguiré hasta la última persona que hable en su contra". Me mira de nuevo y puedo sentir que las lágrimas comienzan a formarse. "Ella es la mujer más fuerte que he conocido y tengo suerte de que sea mía".

Con esas palabras, sale de la habitación y tengo que dar dos pasos para seguir sus largas zancadas. Antes de que pueda pensar en lo que estoy haciendo, tiro de su brazo para detenerlo y luego salto a sus brazos. Me atrapa y continúa saliendo del music hall hacia el auto que espera afuera. La nieve está por todas partes ahora y ha hecho que todo sea tan hermoso y perfecto. Al igual que miDodley.

Nos sentamos en el asiento trasero y él me sienta en su regazo mientras el auto se aleja de la acera.

"Yo también te amo", le digo, y él sonríe, metiendo mi cabello detrás de mis orejas. "Yo también tengo suerte de tenerte".

"Bueno, parece que estamos en la misma página", dice antes de besarme tan profundamente que olvido que estamos en la parte trasera de un auto con alguien más que nos lleva a casa.

"Te amo, Martine, y dije en serio cada palabra. Eres mucho más de lo que te crees. Pero estaré aquí todos los días para recordarte lo perfecto que eres".

Cuando el coche se detiene, casi salimos corriendo y entramos en el ascensor que nos llevará al ático. Ambos estamos impacientes mientras la gran caja de metal nos lleva a la cima donde finalmente podemos darle a nuestros cuerpos lo que anhelan.

Tan pronto como se abren las puertas, me lleva adentro y tira de mi vestido. Afortunadamente, logro desabrochar los botones para que no se arruine, pero termina amontonado en el suelo, justo al lado de la puerta principal.

Creamos un rastro de ropa mientras nos acercamos al sofá con besos. Una vez que estamos al lado, lo empujo hacia abajo y luego me siento a horcajadas sobre su regazo. Está completamente desnudo y yo todavía tengo las ligas puestas mientras me siento y tomo su duro miembro en mi mano. Guío su amplia circunferencia entre mis labios y gimo cuando él entra en mí. Agarra mis caderas con tanta fuerza que debería ser doloroso, pero me encanta su toque posesivo.

Cuando estoy completamente sentado sobre él, nos abrazamos por unos momentos, dando un suspiro de alivio porque estamos unidos una vez más. Esto es lo que mi cuerpo ha estado doliendo toda la noche y finalmente tiene lo que quiere. Después de un momento no puedo soportarlo más y empiezo a mecerme encima de él. Agarra mi trasero y se inclina hacia adelante para chuparme los pezones mientras trabajo de arriba a abajo por su longitud.

Su gruesa polla me estira para que no haya un lugar dentro que no toque. La fricción contra mi clítoris y la sensación de su boca en mi pezón son suficientes para tenerme nerviosa en cuestión de segundos. Quiero esperar y saborear mi clímax, pero estoy demasiado emocionada.

"Te amo mucho cariño. No te reprimas".

Él siempre puede darse cuenta cuando no obtiene todo de mí y no puedo negarle lo que quiere. Es tan bueno conmigo que si lo único que quiere es mi placer una y otra vez, entonces seguramente no es mucho pedir.

Muevo mis caderas unas cuantas veces más y luego llega mi clímax. Arqueo la espalda y grito su nombre mientras él empuja, y luego siento su cálida semilla dentro de mí. Me aprieto a su alrededor, desesperada por cada gota mientras mi cuerpo se tensa y luego se relaja. Me siento aliviado, pero no es suficiente y mi cuerpo ya pide otro.

"Te llevaré a la cama y no te levantarás hasta que yo lo diga", dice, parándose conmigo todavía sobre su polla y llevándome en dirección al dormitorio.

Mi coño hormiguea con cada paso y estoy completamente de acuerdo con sus demandas. "Todo lo que quieras, simplemente no pares", le ruego. Me deja en el colchón y comienza a empujar dentro y fuera.

"Nunca", gruñe mientras se mueve más rápido y más fuerte dentro de mí. "Eres toda mía ahora, no hay vuelta atrás".

"Nunca", estoy de acuerdo, envolviendo mi cuerpo alrededor de él y abrazándolo fuerte.

Puede que ambos seamos nuevos en esto, pero tengo la sensación de que todo va a salir bien. Nuestro felices para siempre nos está esperando, y todo lo que tenemos que hacer es recostarnos y disfrutar del viaje.

Epílogo

Unos meses después...

"¿Qué opinas?" PreguntoDodley mientras él se acerca detrás de mí y me rodea con sus brazos. Finalmente terminé de darle los últimos toques al árbol. Estoy emocionado de pasar esta Navidad en algún lugar donde realmente quiero estar. Estoy emocionado y muy nervioso porque quiero que todo salga bien.

"Es perfecto." Besa la parte superior de mi cabeza. "Como tú", añade, haciéndome sonreír aún más de lo que ya soy. Un zumbido feliz flota a mi alrededor mientras miro las luces danzantes en el árbol, realmente asimilando.

"No es..." Busco una palabra. "¿Extra?" Me muerdo el labio y lo miro por encima del hombro. Sus ojos están de nuevo en el árbol. Lo veo luchar contra una sonrisa. Está tratando de perdonar mis sentimientos, o tal vez perdonarse a sí mismo para que no hagamos que empecemos todo de nuevo.

"Lo es, ¿no?" Dejé escapar un largo suspiro y miré alrededor del resto de la sala de estar que alguna vez estuvo libre de toques humanos. "Parece que la Navidad explotó aquí", admito. Ser dueño de lo que había hecho aquí.DodleyEl cuerpo de él tiembla mientras intenta contener la risa. Después de un momento no puedo evitar unirme a él porque esto es muy exagerado. Estoy bastante seguro de que algunas de las cosas, como el bastón de caramelo gigante iluminado que estaba sentado junto a la chimenea, estaban destinados al exterior.

"¡Esto es tu culpa!" Intento defender mis habilidades decorativas. "¿Quién cierra una tienda y le dice a alguien que consiga lo que quiera?" Le recuerdo su ridiculez al complacerme. Para el Día de Acción de Gracias volamos a la casa de sus padres, nos reunimos y pasamos tiempo juntos.

Llamaron poco después de que todo sucedió en el music hall. Como todo en esta ciudad, las noticias sobre nosotros se habían extendido como la pólvora. Todavía seguimos haciendo los periódicos aquí. A diferencia de lo que temía, nuestra historia se convirtió en una dulce historia de amor. Ninguno de nosotros fue arrastrado por el barro. El único inconveniente ha sido que mi madre salió de la nada. Fue una sacudida cuando ella se acercó a mí afuera de nuestro edificio. Tan pronto como estuvo allí, desapareció nuevamente de mi vida. tengo la sensación de que fueDodleyestá haciendo. No pregunté. Probé una vida demasiado dulce. Había conocido a padres que eran verdaderamente amables y cariñosos. No iba a volver a esa vida.

"Quería tranquilizarte. Además, ¿quién quiere luchar contra las multitudes navideñas? Resoplo ante su ridículo razonamiento y me tapo la boca con la mano para amortiguar el sonido. No me importa cuantas vecesDodley Intenta decirme que es un lindo sonido que viene de mí. Nunca lo compraré. "No te oí quejarte mientras corrías por los pasillos agarrando todo", me recuerda de inmediato.

Ni siquiera puedo discutir ese punto diciendo que está exagerando. Cuando dejamos la casa de sus padres, todos hicimos planes para que vinieran a vernos en Navidad. Se quedarán hasta el nuevo año. Ambos quieren conocerme mejor. Su madre ya estaba insinuando a sus nietos ni siquiera diez segundos después de que la conocí en persona. Me sorprendió la facilidad con la que ambos me recibieron en sus vidas sin dudarlo. Habrías pensado que había estado allí durante años.

Finalmente tuve el descaro de preguntarDodleyLa mamá de la segunda noche que estuvimos en su casa fue la razón por la que se enamoró de mí tan fácilmente. Ella me miró y simplemente dijo: "Si mi hijo te eligió, entonces sé que eres el indicado. Ese chico mío siempre ha sabido lo que quiere y va por ello". Entendí lo que ella estaba diciendo. SiDodley Me dijo algo, lo tomé como oro también. Luego añadió: "No hace daño que seas la primera chica que trae a casa o de la que habla, de hecho". SiDodley Si no me hubiera hecho sentir especial todos los días y no estuviera ya perdidamente enamorada de él, eso seguro me habría enviado.

Ahora vienen aquí y he querido que todo sea perfecto. Tan perfecto como el Día de Acción de Gracias que compartieron conmigo. Quiero demostrarles que me importa.

Cuando comencé a hablar de que necesitábamos hacer algo en su condominio para que fuera festivo,Dodley No había perdido el ritmo para que eso sucediera. Al día siguiente estaba corriendo por una tienda navideña como si estuviera en un espectáculo de compras y finalmente puse la tarjeta de créditoDodley me dio para usar.

"Nunca los configuramos. Mi madre siempre contrataba gente. Me gusta más así". Dejé escapar otra pequeña risa. "Incluso si parece extra". Parece un desastre y me está creciendo rápidamente. No, no es perfecto como lo habría hecho un profesional, pero es nuestro.

"Te lo dije, cariño. Es perfecto." Se gira y roza sus labios contra los míos. El tiene razón. Es perfecto. "Gracias por preocuparte tanto por hacer de esta una Navidad perfecta para mis padres".

"Quiero que quieran venir aquí", admito. ReuniónDodleyLos padres de me mostraron cómo podrían ser realmente los padres. Disfruté estar con su madre. Ella me adoraba y me hacía sentir como si fuera su hija. Espero sus llamadas telefónicas cada pocos días. Su papá era tan dulce como su mamá. Me recordó mucho aDodley con cómo trataba a su esposa.

"Oh, ellos vendrán. Creo que la única razón por la que no vinieron antes es que la Navidad estaba tan cerca y les dije que aún no estaba lista para compartirlos".

"Nunca estarás listo para compartirme, así que es mejor que te acostumbres", bromeo, soltándome para ir a buscar mi abrigo para nuestra cita nocturna. No logro llegar a los dos pies y él me empuja hacia su cuerpo.

"No lo haré. Ni siquiera después de dar mi último aliento en esta tierra. Todavía querré más". Su boca cae sobre la mía mientras mi corazón se acelera. Siempre lo es cuando habla de nosotros como un amor sin fin. Que siempre estaríamos juntos. No me ha pedido que me case con él, pero le dice a la gente que soy suya para siempre. Intento no pensar por qué no me lo ha preguntado. Sé que él me ama y eso es todo lo que importa.

Suspiro cuando nos separamos, esperando volver a casa y ni siquiera nos hemos ido todavía. "Martina"Dodley advierte. Ambos sabemos hacia dónde se dirige esto. No es raro que nos perdamos una cita nocturna porque terminamos en la cama.

"Entonces déjame buscar mi abrigo", le digo con descaro.

"Iré a buscar tu abrigo". Toma mi mano y me lleva hacia la puerta. No pasa mucho tiempo y estamos en la parte trasera de una limusina. Me hace recordar cuando conducía gente. No odiaba el trabajo, aunque me cansaba haciéndolo. Siempre estaba en movimiento, tratando de ganar cada centavo que podía. Tal vez incluso me lo perdería si no fuera porDodley. El hombre me mantiene ocupada en todos los sentidos.

Nuestra pasión por la ciudad se ha fusioneño. Me encanta ayudarlo aquí y allá. Mencioné la búsqueda de otro trabajo ya que él odiaba que condujera y dejara entrar a personas al azar en mi auto. Estaba seguro de que alguien me llevaría. Debo admitir que no me duele el ego que él piense que todos me quieren. Es un cambio agradable de sentir que nadie quiere ser visto conmigo. Aunque él siempre hace eso. Él sana partes de mí que no sabía que habían sido dañadas.

Me dijo que me necesitaba a su lado. Estaba feliz de estar allí, así que no volví a mencionar el tema. Quería estar a su lado, pero quería asegurarme de que él también quisiera eso.

Sin mencionar que estoy bastante segura de que estoy embarazada. ni siquiera lo he dichoDodley todavía. A solo unos días de Navidad, creo que lo haré entonces. Sé que será feliz. Su falta de cuidado a la hora de protegerlo lo deja claro. Así que haz todas las cosas sucias que dice cuando hacemos el amor. Dijo que me iba a dejar embarazada una docena de veces mientras hacíamos el amor. Cada vez me llevaba al borde del orgasmo.

Mi boca se abre cuando nos acercamos al antiguo cine. Es uno por el que pasé muchas veces. "Dodley?" Pregunto. Me da una sonrisa y me saca del auto.

"Dijiste que pensabas que necesitaba un poco de amor". Él se encoge de hombros. "Así que lo compré. Si necesita un poco de amor, se lo daremos".

"¿Lo acabas de comprar? ¿Así?" Mis ojos lloran. Deja de caminar y me atrae hacia él.

"Cariño, sabes lo que me hacen tus lágrimas".

"Son lágrimas de felicidad. No cuentan". Digo lo mismo que hago siempre que me hace llorar.

"Venir. Hay más." Cuando entramos al cine, puedo decir que alguien ya ha comenzado a limpiar el lugar. Jadeo cuando entramos a una de las habitaciones. Pétalos de rosa están esparcidos por el pasillo. La habitación se llena de luz proveniente de velas por todas partes.

"Dodley. Realmente no te va a gustar esto —le digo mientras las lágrimas corren por mis mejillas. Me sonríe antes de dejar besos en mis mejillas para detenerlos. Cuando finalmente creo que lo tengo bajo control, me lo vuelve a hacer cuando cae sobre una rodilla.

"Me moría por preguntarte algo, cariño. La espera casi me mata, pero quería que esto fuera perfecto para ti".

"Para mí." Repito sus palabras.

"Siempre." Desliza el anillo de diamantes en mi dedo. "Dime que te casarás conmigo", exige.

Quiero burlarme de él, pero no lo tengo en mí. Me lanzo hacia él. Me atrapa fácilmente y me besa profundamente.

"Me casaré contigo", dejo escapar cuando nuestras bocas finalmente se separan. "Ahora llévame a casa y hazme el amor". Soy yo quien emite la demanda esta vez.

"¿Está seguro? Tenía planes para nosotros". Empiezo a responder pero me detengo cuando la pantalla al frente del cine se ilumina. Un grito ahogado me deja cuando Annie comienza a jugar.

"Usted recordó."

"¿Recordado?" Él suelta una carcajada. "No sólo recuerdo cuando se trata de ti, Martine. Quería que vieras que pasaré mi vida haciéndote feliz. Esta noche fue una muestra de lo que tendremos juntos.

"Lo tendremos todo", termino por él. "Y tal vez uno más". Le toma un momento asimilar mis palabras.

"Y luego otro", añade. Estallé en un ataque de risa.

"Centrémonos en uno", digo.

"O podríamos practicar más". Me levanta y terminamos perdiéndonos la película. Escribiremos el nuestro y felices para siempre.

Epílogo

Dodley

Muchos años después....

Miro fijamente a mi esposa mientras tararea para sí misma suavemente, mirando por la gran ventana a nuestro patio trasero. Su bata roja esponjosa cae de un hombro mientras revuelve su café antes de tomar un pequeño sorbo y dejarlo.

Mi polla ya se sacude, queriendo que me acerque a ella. Ni él ni yo estábamos felices cuando despertamos en una cama vacía. Miro el reloj y me pregunto cuánto tiempo tenemos antes de que los niños bajen corriendo las escaleras. Probablemente no mucho ya que es la mañana de Navidad. Aún así, me arriesgaré. Sé que hoy no tendré mucho tiempo a solas con mi esposa. La casa se va a llenar de familiares y amigos, algo que normalmente disfruto, pero ahora mismo mi mente solo tiene un enfoque y es mi esposa, quien de alguna manera logró salir de la cama encima de mí.

No ha hecho eso desde la primera noche que la encontré. Sonrío ante el recuerdo. No parece que hayan pasado diez años, pero así es. Cada uno de ellos más de lo que jamás podría haber pedido. Hasta el día de hoy todavía me molesta cómo hace tantos años la gente intentaba evitarla. No creo que sea algo que alguna vez se desvanezca para mí, incluso si ya no es un punto en su radar.

Incluso esa madre suya se fue sin mirar atrás hasta que olió el dinero. Después de que salió a la luz que Martine y yo estábamos juntos y que yo nunca firmaría un acuerdo prenupcial, ella no tardó mucho en aparecer. Una mirada al rostro de mi esposa y supe lo que había que hacer. No me importaba ser un idiota, pero cuando se trataba de ella o mi familia, no tenía problemas en serlo.

Ella me mira por encima del hombro y me da una sonrisa juguetona. "Nunca me dejas llegar lejos, ¿verdad?" Cuando se da vuelta, la bata se le cae más del hombro. Se muerde el labio con pleno conocimiento de lo que me está haciendo. Respiro profundamente cuando su bata se abre, dejando al descubierto el mismo camisón rojo que usó anoche cuando terminamos de jugar a Santa Claus. Pensé que había arruinado la cosa. Podría jurar que escuché la tela rasgarse, pero no era eso lo que pensaba en ese momento. Lo arrojé detrás de nosotros mientras la empujaba hacia la cama.

"Es uno diferente. Me gusta, así que no lo rompas", advierte. Me reiría del hecho de que ella supiera de antemano que necesitaría batas extra. Pero estoy demasiado excitado para reírme. "En realidad encaja con mi panza". Señala el pequeño bulto que se ha hecho muy conocido en las últimas semanas. Sus tetas rebotan con la acción. Se me hace la boca agua al pensar en la dulzura añadida que pronto tendrán sus pezones.

Me muevo, despejando el distanciamiento entre nosotros. Ella se ríe más mientras la levanto suavemente y la dejo sobre la encimera de la cocina. Tomo su boca en un beso profundo, cortando su risa y saboreando la dulzura de su café. Ella gime en mi boca y abre más las piernas para mí. Sé lo que ella quiere. Agarro sus muslos, separándolos para mí y poniéndome cómoda y agradable, porque no me moveré hasta que pruebe más de ella.

No me importa que mis padres estén arriba, junto con nuestro hijo y nuestra pequeña. Ningún hombre podría darle la espalda si supiera que ella es suya y puede tomarla.

Me arrodillo y pongo sus piernas sobre mi hombro. Gruño cuando veo que no tiene bragas. No pierdo el tiempo chupando y comiendo a mi esposa hasta que ella me ruega que pare.

"Dodley." Ella le da un pequeño tirón a mi cabello. Sonrío contra su coño antes de darle un último beso allí, luego uno en cada uno de sus muslos mientras me levanto.

Ella deja escapar un lindo zumbido mientras apoya su cabeza contra mi pecho.

"Estaba nevando. Quería ver", dice con un suspiro soñador.

"Los niños estarán emocionados. No recuerdo nuestra última Navidad blanca". Ella asiente y sé que todavía tiene sueño. La saco del mostrador y vuelvo a nuestra habitación.

Conseguimos un lugar fuera de la ciudad poco después de casarnos. De esta manera podríamos tener lo mejor de ambos mundos. Mis padres compraron una casa no lejos de nosotros para pasar más tiempo con nosotros. Disfrutaban demasiado de ser abuelos como para estar lejos por mucho tiempo.

No sólo eso, sino que han acogido a mi esposa como si fuera suya. A sus ojos, ella es su hija. Sé cuánto le encantó eso a mi dulce.

La acuesto en la cama, deseando que descanse. Sus pies se hincharon en sus dos últimos embarazos y mi trabajo es asegurarme de que no lo hagan esta vez. No me importa lo que dijo el médico: es normal y sucederá. Ella lo odiaba. Lo que significaba que lo odiaba y lo arreglaría.

"Dormir. Empezaré a desayunar". Rozo mi boca contra la de ella. Intento retroceder, pero ella no me deja ir. Me río entre dientes. Podría alejarme, pero nunca podré separarme de ella. No desde el momento en que la encontré. Juro que incluso es doloroso estar lejos de ella demasiado tiempo.

"No habíamos terminado", resopla, tratando de tirarme a la cama. Debería decirle que no. Un mejor hombre dejaría dormir a su esposa embarazada, pero como siempre le doy lo que quiere. Lo que ambos queremos. Como planeo hacer para siempre.

¡EL FIN!

Don't miss out!

Visit the website below and you can sign up to receive emails whenever Ashley Colem publishes a new book. There's no charge and no obligation.

https://books2read.com/r/B-A-TMQAB-DKNTC

Did you love *La Mujer de sus Sueños*? Then you should read *Cautivo en una Noche de Nieve* by Ashley Colem!

Oh, noche nevada, las estrellas brillan intensamente. Es la noche de la gran caída del leñador. Su corazón había permanecido durante mucho tiempo en un sueño eterno. Hasta que ella apareció y su alma quedó cautivada.

Un estremecimiento de esperanza, el mundo del romance se regocija. Porque una nueva y gloriosa historia está a punto de comenzar. Abre tus lectores y lee esta historia.

Also by Ashley Colem

Bien Trop Brutal
Obsede Par Elle
Limite dépassée
Amour Improbable
Kataliya, la Parfaite Élue
Le Choix Ultime d'un Seul Amour
Réveille-toi, Barbara
Sexe à Répétition
Taïna est en feu
Captive d'une Nuit Enneigée: Jusqu'à ce qu'elle apparaisse et que son âme se sente captivée
Ces Attouchements Tabous: Cette nuit-là, il a changé ma vie pour toujours
Épuisement: Sienna est peut-être jeune, mais son corps sait ce dont il a besoin
Il va l'avoir: William veut Jesse plus que tout au monde
La Femme de ses Rêves: Il est obsédé par la jeune beauté qui lui a volé son cœur
Le No 1 des Connards: Il ne cherche pas d'excuses pour ce qu'il est ou ce qu'il fait
L'étrange Mariage du Milliardaire
Maintenant... Elle est à moi pour Toujours: Je mets un bébé dans son ventre et une bague en diamant à son doigt
Piégé par elle

Tenir si Fort: Il ne savait pas qu'une obsession pouvait s'emparer de lui aussi fort

Un Alpha de Mauvais Caractère: Aucune femme n'a jamais été capable de le gérer

Un Échange Très Étrange: Le destin de Cian et de Serenity, croisés dans un lycée américain

Limite Superato

Amore Improbabile

Kataliya, la Perfetta

La Scelta Definitiva di un Singolo Amore

Sesso ripetuto

Taina è in Fiamme

Esaurimento

Intrappolato da lei

La Donna dei Suoi Sogni

Lo Stronzo #1

Ora è mia... per sempre

Prigioniero in una Notte di Neve

Sta per Averla

Stringere Così Forte

Obsession: Tout a changé la première fois que Jackson a vu Dina

Svegliati, Barbara: Stare con Clark diventa un grosso problema

Agarra tan Fuerte

Atrapado por ella

Cautivo en una Noche de Nieve

Despierta, Bárbara

El Éxtasis de lo Prohibido: Después de que Nadia descubre que Bady la engaña

El gilipollas nº 1: No pone excusas por lo que es o por lo que hace

Ella es mía Ahora... Para Siempre

La Mujer de sus Sueños

L'estasi del Proibito: Dopo che Nadia scopre che Bady la tradisce

L'extase de l'interdit: Après que Nadia découvre que Bady la trompe

Límite Excedido

Obsesionado con ella: Finalmente tengo la oportunidad de hacerla mía

Taïna está en llamas

Un Alfa con mal Carácter